SARA LÖVESTAM

Wie ein Himmel voller Seehunde
ROMAN

Aus dem Schwedischen von
Stephanie Elisabeth Baur

Rowohlt Taschenbuch Verlag

Die Übersetzung des vorliegenden Buches
wurde vom Swedish Arts Council gefördert.

Deutsche Erstausgabe

Veröffentlicht im Rowohlt Taschenbuch Verlag,
Reinbek bei Hamburg, Juli 2017
Copyright für die deutsche Übersetzung
© 2017 by Rowohlt Verlag GmbH, Reinbek bei Hamburg
Lektorat Kristina Knöchel
Die schwedische Originalausgabe erschien 2015
unter dem Titel «Som eld» bei Lilla Piratförlaget, Stockholm.
Copyright © 2015 by Sara Lövestam
Die Strophe auf S. 211 stammt aus dem von Mauro Scocco
gedichteten Lied «Varje gång jag ser dig»
Umschlaggestaltung any.way, Barbara Hanke / Cordula Schmidt
Umschlagabbildung Arcangel Images, Mandy Erskine 2015
Satz aus der Pensum, InDesign, bei Dörlemann Satz, Lemförde
Druck und Bindung CPI books GmbH, Leck, Germany
ISBN 978 3 499 21768 5

Für Annie

Anna

AUF DER FÄHRE hat ihr Vater immer gute Laune.

Anna beobachtet ihn, wie er ein Bier und eine Tüte AKO-Kaubonbons zwischen ihnen auf den Kunststofftisch knallt. Bald wird er wieder sagen, dass man diese Kaubonbons nirgendwo sonst bekommt, nur hier auf der Fähre, dabei gibt es sie doch bei Åhléns.

Er hat ein kleines Kinn, ihr Vater, und einen breiten Mund, der sich immer zu einer Seite hin verzieht, wenn er das Meer anlächelt. Sein Haar ist schon etwas lichter als bei anderen Vätern, aber dafür noch kein bisschen grau.

«Es frischt auf», sagt er mit einem Nicken zum Fenster. «Poseidon ist zum Spielen aufgelegt.»

Kauend blickt Anna aufs Wasser hinaus. Es türmt sich zu meterhohen Wellen auf, doch auf der großen Schärenfähre haben sie nichts zu befürchten. Sie schaukelt noch nicht einmal.

«Warte, bis du die umgestürzte Kiefer siehst. Liegt einmal quer über der Hölle.»

Die Hölle, das ist der Name einer tiefen Senke, in der hauptsächlich Metallschrott herumliegt. Wenn irgendetwas nicht mehr funktioniert, wirft man es einfach in die Hölle, wo es liegt, bis das Müllboot kommt. Manchmal vergisst man, die Sachen zum Müllboot zu bringen, und dann rosten sie dort eben vor sich hin.

«Wie eine Brücke?»

«Wie eine Kiefer.»

«Vielleicht kann man damit etwas bauen.»

Sie hat noch keinen konkreten Plan, was sie aus der umgestürzten Kiefer bauen könnte, aber sie weiß, dass es Unmengen von Nägeln gibt. Ihr Vater lächelt.

«Das ist das Paradies. Dort kannst du alles aus allem bauen.»

Es ist einen Winter und ein Frühjahr her, seitdem sie das letzte Mal auf der Fähre in die Schären saß. Ein paar der Leute erkennt sie wieder, Maria mit dem Schrumpelgesicht und Johnny und Bettan, aber die meisten von ihnen sind zu anderen Inseln unterwegs. Eine Gruppe etwa sechzehnjähriger Jugendlicher mit hellen Pferdeschwänzen und Lacoste-Shirts geht in Vaxholm von Bord.

Ein junges Elternpaar jagt seinem Kind quer durch die Fähre hinterher. Der kleine Junge hat eine Stoffschnecke unter dem Arm klemmen, mit der anderen Hand zieht er ein Holzauto an einer Schnur hinter sich her, und dennoch flitzt er ihnen mühelos davon. Ein heruntergefallenes Stück Mandeltörtchen hält ihn gerade lange genug auf, dass seine Mutter ihn mit einem Griff um die Taille schnappen kann. Der Gesichtsausdruck des Kindes, als es sich mit einem Mal in der Luft wiederfindet, bringt Anna zum Schmunzeln.

«Jetzt ist der Knirps aber baff», kommentiert ein Mädchen an einem der Nachbartische die Szene.

Es trägt einen dunkelblauen Blazer und einen glänzenden Pferdeschwanz. Allerdings redet sie nicht mit Anna. Sie ist eine von diesen Bonzen. Das sind die, die deshalb raus in die Schären fahren, weil sie auf dem Festland schon zu viel besitzen.

«Was hast du gesagt?», fragt ihre Mutter, möglicherweise aber auch ihre Schwester. Bei all den glatten Botox-Gesichtern heutzutage lässt sich das nur noch schwer unterscheiden.

«Ach nichts», erwidert das Mädchen. «Da war nur so ein ... äh ... Kind.»

«Atempause mit neun Buchstaben», sagt die Ältere der beiden daraufhin. «Fängt mit E an. Ich hatte erst an Entspannung gedacht, aber das ist zu lang.»

Das Mädchen mit den schimmernden Haaren sieht auf. Und zwar so schnell, dass Anna ihrem Blick nicht mehr ausweichen kann. Noch bevor sie abtauchen kann, haben ihre Blicke sich getroffen. Die Röte schießt ihr ins Gesicht, aus Scham, weil sie so gestarrt hat. Schnell schaut sie aus dem Fenster, folgt dem Flug eines Kormorans über dem Wasser, bis dieser nach oben schwenkt und verschwindet.

«Diese Kaubonbons hier», sagt ihr Vater und hebt die AKO-Tüte an, «die kriegt man nur hier auf der Fähre, sonst nirgends.»

Lollo

DAS SOMMERSPROSSIGE MÄDCHEN mit der Jeansjacke scheint eher zum Meer zu gehören als auf die Fähre. Lollo wendet den Blick schnell wieder von ihr ab, beobachtet sie jedoch für den Rest der Fahrt aus dem Augenwinkel. Aus irgendeinem ihr unerklärlichen Grund fühlt sie sich durch die beiden provoziert, durch dieses ungleiche Paar dort am Fenster. Der Typ ist doch bestimmt schon um die sechzig, und seitdem sie am Strömkajen zugestiegen sind, hat er schon drei Bier getrunken. Das Mädchen ist eigentlich genau wie sie, und irgendwie auch wieder überhaupt nicht.

«Mimmi darf sogar allein nach Oslo fahren», sagt sie mit gedämpfter Stimme, weil sie vor all den Leuten keine Szene will. «Und ihr lasst mich noch nicht mal allein in Stockholm bleiben.»

Ihre Mutter macht eine ihrer ruckartigen Kopfbewegungen.

«Das haben wir doch schon lang und breit besprochen.»

«Ich sag's ja auch bloß. Oslo liegt sogar in einem komplett anderen Land.»

«Und Mimmis Eltern sind komplett andere Eltern», hält ihre Mutter dagegen.

«Du schmollst doch nur, weil du es noch nicht gesehen hast», wirft ihr Vater ein. «Du wirst es lieben! Jeder vernünftige Mensch würde es lieben.»

«Ich bin fünfzehn», entgegnet Lollo und versucht, ihren Worten durch den Tonfall noch mehr Gewicht zu verleihen.

«Und genau das ist eben der Punkt», erwidert ihr Vater. «Du bist fünfzehn.»

Es dauert eine Ewigkeit, bis die Fähre endlich ihre Anlegestelle erreicht hat. Unzählige Inseln wollen eine nach der anderen angesteuert und Horden von mit Picknickkörben, Grillkohle und Pflanzenerde beladene Menschen dort abgesetzt werden. Offensichtlich lieben Erwachsene lose Flecken Land irgendwo draußen auf dem Wasser, wo sie auf einem Felsen ihre Hängebrüste auspacken können und es zum nächsten Coffee-Shop mindestens hundert Kilometer sind.

«Nächster Halt Sländö», sagt eine Stimme durch die Lautsprecher.

«Du wirst es lieben!», wiederholt ihr Vater und packt seinen Laptop ein.

An der Anlegestelle steht ein weißhaariger alter Mann mit einem Hund, der bei jedem Passagier, der von der *Sjöbris* steigt, hocherfreut kläfft. Zwei Paare mittleren Alters, eine ältere Dame und schließlich noch die ach so glückliche Familie Scheele. Mutter und Vater vorneweg, Lollo hintendrein. Der junge Mann, der die Tickets einsammelt, lächelt sie an, aber leider ist er schon mindestens fünfundzwanzig. Ansonsten wäre das eventuell eine Alternative gewesen, mit der ihre Eltern wohl eher nicht gerechnet hätten: Lollo brennt mit einem Seemann durch.

Zuallerletzt kommt die Jeansjacke. Sie und ihr Vater müssen sich kräftig ins Zeug legen, damit ihr gelber Gepäckkarren sich nicht selbständig macht und mit ihnen den Landungssteg hinuntersaust. Er ist voll bepackt mit Ikea-Tüten, einem Werkzeugkasten, zwei Sporttaschen und einer Palette Bier, und ganz zuoberst thront eine zusammengerollte Schaumstoffmatratze.

Lollos Vater lehnt sich diskret zu ihrer Mutter hinüber und murmelt ihr etwas ins Ohr.

«Ich hol das Quad», sagt er daraufhin laut.

Die Jeansjacke wechselt sich beim Schieben mit ihrem Vater ab. Sie lacht und flucht, wenn sich der Gepäckkarren an dicken Wurzeln verkantet und umzustürzen droht. Es dauert geschlagene zwei Minuten, bis die beiden mit ihm um die Biegung sind und ihre Rücken hinter grünem Blattwerk verschwinden.

Anna

DAS PARADIES BESTEHT aus ihrem kleinen Haus, der Hölle mit dem ganzen Schrott, den beiden Felsblöcken und Wald. Mindestens zwanzig Meter hohe, dicke Espen. Und Birken, so hoch und schlank, dass man sie als Seile verwenden könnte. Da müsste man mal ein bisschen durchforsten, stellt ihr Vater jedes Jahr aufs Neue fest.

Ihr Vater war im Mai schon einmal hier, um die Lage auszukundschaften. Darum weiß er bereits, dass das Haus den Winter ohne größere Blessuren überstanden hat. Nur am Schornstein regne es rein, meint er, dort müssten sie neue Dachpappe verlegen.

«Vorher allerdings», fährt er fort, «vorher genießen wir den ersten Tag vom Sommer!»

Er stellt die beiden Klappstühle auf den felsigen Untergrund und macht eine Rundumbewegung mit der Hand.

«Herrlich!»

Das hat bei ihnen schon Tradition. Als Anna fünf war, haben sie den ersten Tag vom Sommer noch gemeinsam mit ihrer Mutter, Dojan, Mandelriegeln und Milch genossen. Als sie zehn war, nur noch mit ihrem Vater und Dojan, für die beiden Männer gab es Bier und für sie Fanta. Inzwischen begleitet Dojan sie schon seit mehreren Jahren nicht mehr, aber das macht nichts.

Ihr Vater stößt einen geräuschvollen Rülpser aus. Anna überlegt, ob sie ihn ebenfalls um ein Bier bitten soll, trinkt aber doch die Cola, die er ihr stattdessen reicht. Dann rülpst sie doppelt so laut.

«Mahlzeit!», sagen sie beide im Chor.

Annas zehn nackte Zehen kennen im Paradies jeden Stock und jeden Stein. Während ihr Vater im Klappstuhl weiter den Sommer genießt, sieht sie nach dem Nistkasten, dem Schlangenloch und dem Plumpsklo. *Hier kacken und furzen die Seligen* steht dort auf einem laminierten Plakat. Manchmal fällt ihr dieses Schild in der Schule ein. Und manchmal kichert sie dann unwillkürlich los.

Anschließend inspiziert sie die Kiefer, die tatsächlich einmal quer über der Hölle liegt. Sie sieht auf Anhieb, was sie daraus bauen könnte, wenn es denn klappt. Einen Scheinwerferhalter nämlich. Sie könnte einfach zwei der Äste entfernen und den Stamm dort ordentlich glatt hobeln. Dann ein Gestell aus Brettern bauen und daran das Fahrradskelett befestigen, das unten in der Hölle liegt. Das müsste nämlich mit ziemlicher Sicherheit noch über ein pedalbetriebenes Fahrradlicht verfügen. Und richtig eingestellt würde dieses direkt in das Schlangenloch leuchten.

«Wo ist denn der Werkzeugkasten?», ruft sie.

«Auf der Spüle», antwortet ihr Vater. «Fang aber erst mal an, das Dach zu flicken, ja?»

«Ja, ja.»

Sie denkt nicht daran, irgendein Dach zu flicken, aber sie geht zumindest mal ins Haus und begutachtet den Schornstein. Ein sichtbares Loch kann sie nicht erkennen, doch entlang der Fugen ist das Holz an der Decke etwas dunkler. Drinnen riecht es muffig, so als hätte der Winter das Haus in seinen sauren Atem getaucht und als wären die Mäuse unter den Betten hemmungslos ihren Geschäften nachgegangen. Was sie vermutlich auch getan haben. Anna legt ein wenig Zeitungspapier in den Ofen.

«Ich mach Feuer!»

Feuer machen hat eine theoretische Dimension. Und eine praktische.

In der Theorie sorgt man für ausreichend Sauerstoff, leicht entzündliches und langsam brennendes Material sowie keine Feuchtigkeit.

In der Praxis weiß man, wie viel Zeitungspapier notwendig ist, damit ein Pulk kleiner Zweige Feuer fängt. Man weiß, wie lange diese Zweige im Ofen brennen müssen, damit sich ein größeres Holzscheit dazu bequemt, ebenfalls mit dem Brennen zu beginnen. Und wenn man dann ins Feuer starrt, kann man dessen Seele erkennen.

Gelegentlich bemerkt das Feuer das Zeitungspapier in der Ecke nicht. Dann wird es versuchen, flackernd an einem Zweig Halt zu finden, was ihm jedoch nicht gelingt, und man muss ganz vorsichtig hineinblasen. In der Theorie, weil unser Atem Sauerstoff enthält. In der Praxis, um dem Feuer den Weg zu weisen. Bläst man zu kräftig, pustet man die Flamme weg. Bläst man zu schwach, passiert überhaupt nichts. Der Luftstrahl muss genau die richtige Stärke haben, man muss mit viel Gefühl blasen. Sobald das Feuer das Zeitungspapier findet, wirkt es glücklich.

«Sieht gut aus», sagt ihr Vater, als er den Sommer lange genug draußen auf dem Stein genossen hat. «Wenn du noch was nachlegst, werden wir es heute Nacht schön trocken haben.»

«Genau das ist der Plan.»

«Leg die Rechnungen gleich mit drauf. Dann können sie sich wenigstens ein bisschen nützlich machen.»

Den Scherz macht ihr Vater jedes Jahr. In Wirklichkeit bezahlt er seine Rechnungen immer postwendend. Schreibt mit Kugelschreiber «Bez.» darauf und legt sie in ein blaues Kästchen.

Wenn er sie einmal nicht bezahlen kann, ruft er an und bittet um Aufschub.

«Ich leg mein Zeugnis auch mit rein», erwidert sie. «Dann kann es sich ebenfalls nützlich machen.»

«Du Spaßvogel, du.»

Ihr Vater ist eingeschlafen, noch bevor die Sonne die Wipfel der Fichten erreicht hat. Anna bleibt noch eine Weile vor dem Ofen sitzen, schaut in die Flammen und lauscht dem quietschenden Bett. Im Ofen knistern die Fichtenzweige bei jedem Funken Glut, den sie versprühen, und draußen haben die melancholischeren Vögel der Nacht den Gesang übernommen. Genau so klingt der Sommer.

Als sie Hunger bekommt, holt sie sich zwei Scheiben Brot mit Streichkäse und geht damit nach draußen. Die Nacht ist warm. Ihre Nachbarn geben eine Party, und von deren riesiger Veranda dringt ein Song von Tomas Ledin zu ihr herüber. Ihr Gelächter wird durch die Bäume auf Annas Grundstück gefiltert, genau wie der Schein ihrer Lampen. Sie legt den Kopf in den Nacken und schaut von der Erde geradewegs ins Weltall hinauf. Es ist hell, auch ohne Sonne, changiert von Orange über Rosa zu Blau.

Verglichen mit dem Weltall ist man doch ziemlich klein.

Lollo

DAS SOMMERDOMIZIL ihrer Eltern, sprich: Lollos Gefängnis für die Dauer dieser Ferien, verfügt über viertausend Quadratmeter perfekt getrimmte Rasenfläche. Diese beginnt am Haupteingang und schmiegt sich von dort bis kurz vors Wasser ans Gelände. Der Strand ist steinig und farblos. Ihre Mutter findet ihn total charmant, Lollo hingegen könnte schwören, dass sie noch nie einen so hässlichen Strand gesehen hat. Und dann diese Bootsstege. Müssen die eigentlich immer aus braunem Holz mit schleimig grünen Beinen sein?

«Woraus sollen sie denn sonst gemacht sein, hm?», erkundigt sich ihre Mutter. «Aus gebürstetem Stahl vielleicht? Und das Grüne dort sind im Übrigen Algen. Die gibt's im Meer nun mal.»

Das macht sie ständig. Erläutert irgendwelche Selbstverständlichkeiten, als wäre Lollo noch ein Kind.

«Ich weiß, was Algen sind. Der Punkt ist bloß, dass ich im Gegensatz zu dir keine Algenliebhaberin bin.»

Ihre Mutter verdreht die Augen.

«Ist das wieder so ein Tag, ja?»

«Wie, wieder so einer? Heute ist ein stinknormaler Tag, abgesehen davon, dass ihr mich hier auf diese Insel verschleppt habt und du glaubst, ich wüsste nicht, was Algen sind.»

Ihre Mutter verzieht keine Miene. Ihr Gesichtsausdruck provoziert Lollo. Allein schon die Augenbrauen.

«Du kannst ja nachkommen, wenn dir nach Gesellschaft ist», sagt sie und geht zügig zum Haus zurück.

Lollo tritt ein paar Schritte auf den Bootssteg hinaus. Unter ihr gluckert behaglich das Wasser. Direkt unter dem Steg ist es dunkel, weiter draußen, wo sich die Sonne noch als weißer Streifen am Horizont entlangzieht, ist es spiegelblank. Mit anderen Leuten um sie herum wäre dieser Ort im Grunde gar nicht so übel. Dann könnte sie hier jetzt nämlich zusammen mit Mimmi, Douglas und Sofie sitzen, die Beine vom Steg baumeln lassen und über Gott und die Welt plaudern.

Wenigstens liegt der Bootssteg den ganzen Tag über in der Sonne. Dies mag vielleicht der langweiligste Sommer ihres Lebens werden, aber wenn sie nach den Ferien am Gymnasium beginnt, wird sie dafür die Braungebrannteste von allen sein.

Das Haus reißt sie auch nicht gerade vom Hocker. Warum auch, ist doch ein ganz normales Haus. Weiß, mit Türen und Fenstern und allem Drum und Dran. So, wie ihre Mutter es angeschaut hat, hätte man allerdings meinen können, sie hätte es höchstpersönlich neun Monate lang ausgetragen und dann dort mitten auf dem Rasen aus dem Leib gepresst. Bei dem Blick, den ihre Eltern der stinknormalen Hollywoodschaukel auf der Veranda geschenkt haben, hätte man denken können, sie wären in sie verknallt.

Sie bleibt ziemlich lange auf dem Bootssteg sitzen. In ihrem eigenen Haus herrscht Stille, doch aus den Nachbarhäusern strömt Musik. Tomas Ledin und Lisa Nilsson. Untrügliche Zeichen dafür, dass die Generation über ihr so richtig auf den Putz haut. Spitze Frauenstimmen, die ihr spitzes Frauengelächter lachen, dazu Männerstimmen als Untermalung.

Doch in dem weißen Sommerhaus mit der Hollywoodschaukel herrscht also Stille. Was im Grunde aber gar nicht entscheidend ist.

Falls nämlich jemand nach ihr rufen sollte, hat sie ohnehin nicht vor zu kommen.

Auf der anderen Seite des Wassers geht eine Lampe an, und zwischen einem Haus und einem Geräteschuppen bewegt sich ein Schatten. Vor dem Sonnenuntergang hängen ein paar Wolkenschleier, tauchen den Himmel in ein rosaviolettes Licht. Über ihr ist der Himmel hell und klar. Sie legt sich hin, spürt das geaderte Holz des Steges unter ihren Schulterblättern und versucht, sich mit ihren Sommerferien abzufinden.

Während Mimmi ihre Sommerferien in Oslo verbringt und Douglas und Sofie ihre in Griechenland.

So viel sommerbleicher Himmel grenzt an Verschwendung.

Anna

DINGE ÄNDERN SICH. Plötzlich rasieren sich alle die Beine und reden in den Umkleiden über Jungs. Manche bekommen Brüste, dass es einem fast schon peinlich ist. Die Jungs kehren mit kratzigen Stimmen aus den Ferien zurück, und man selbst kriegt seine Tage. Die Leute, die schon seit man denken kann eine Etage tiefer wohnen, ziehen auf einmal nach Hagsätra, und ein Nachbar stirbt. Nur auf Sländö steht die Zeit still. Die Espen stehen an ihren gewohnten Plätzen, so dick, dass man kaum mehr mit den Armen herumreicht, Mücken tummeln sich im Schatten, und der Ofen hält die Restwärme fast die gesamte Nacht.

Der Morgen ist kühl. Annas Vater ist bereits vor ihr wach und hantiert ohrenbetäubend am Ofen und mit dem Trangia-Kocher herum. Anna zieht sich die Decke über den Kopf.

«Muss das sein?», stöhnt sie. «Ich will schlafen.»

«Draußen ist ein strahlender Sommertag», erhält sie zur Antwort. «Du willst doch wohl nicht deine Jugend verschlafen?»

Während ihr Vater auf dem Spirituskocher Wasser erhitzt und Kaffeepulver hineinschüttet, bleibt sie noch im Bett liegen. Beobachtet ihn heimlich zwischen ihrem Kissen und der Decke hindurch. Ihr Sommerhäuschen ist so klein, dass sich Küche und Schlafzimmer in verschiedenen Ecken desselben Raumes befinden. Die eine Wand ist mit Blumentapete verkleidet, die andere wurde mit Zeitungspapier von 1993 isoliert. Sie hat das alles schon zigmal gelesen und ist somit bestens informiert, sowohl über den Hergang eines Motorradunglücks auf der E4 als auch über eine Person mit einem Steinchen im Cornflakes-Paket.

«Ich geh mal nach dem Boot sehen», sagt ihr Vater. «Dann legen wir heute Nacht Netze aus.»

Das Boot! Der Gedanke daran macht sie schlagartig munter. Unter der Decke wechselt sie Slip und T-Shirt, schlüpft aus dem Bett und auf einen Stuhl. Schmiert sich schnell zwei Brote und isst eines davon.

«Das ging jetzt aber zackig mit dem Wachwerden», feixt ihr Vater.

Er gießt Kaffee in seine Thermoskanne und zieht die Stiefel an.

«Bring den kleinen Eimer mit!»

Da auf Sländö stets alles beim Alten bleibt, liegt ihr Boot wie immer schaukelnd an seinem gewohnten Platz, Liegeplatz 16. An seinem Bug steht in blauer Schreibschrift *Pamela*, doch Anna hätte es auch ohne den Namen erkannt. Schmutz und Algen haben den Rumpf gelbbraun gefärbt, wie jedes Jahr, und auf dem Boden steht das Regenwasser.

Als Anna noch klein war, hatte sie immer mit einem Vollkornkeks danebengestanden und kauend dabei zugesehen, wie ihr Vater das Boot ausschöpfte. Inzwischen schöpfen sie das Wasser gemeinsam aus. Das vertraute Geräusch, wenn die Eimer eingetaucht und ausgekippt, eingetaucht und wieder ausgekippt werden, von ihr und ihrem Vater. Nach kaum einer Minute streckt er den Rücken durch und zieht eine Grimasse.

«Dieses Ding dort drüben», sagt er und deutet auf ein etwas weiter entfernt liegendes, rot-weißes Boot.

«Hast du Schmerzen?», erkundigt sie sich, doch er ignoriert die Frage.

«Das macht montags mindestens vierzig Knoten.»

Das Boot, das er meint, ist eines dieser Stingray-Motorboote, doppelt so lang wie ihr eigenes motorisiertes Ruderboot. Sie hat es hier noch nie gesehen.

«Warum denn ausgerechnet montags?»

«Na, weil's am Wochenende fünfundvierzig macht. Hat sich unser feiner Herr von Pupskack etwa ein neues geleistet? Ist das dort sein Liegeplatz?»

Von Pruschak ist die Familie mit dem gelben Sommerhaus gleich neben dem großen Fähranleger. Ihnen gehört auch die Firma, für die Annas Vater früher einmal Straßen gebaut hat. Als er wieder aus dem Ruderboot steigt, gerät es etwas ins Schwanken, was Anna jedoch mit Leichtigkeit pariert. Er schlendert zu dem neuen Boot hinüber, und Anna folgt ihm.

«So ein Gefährt», sagt er, während er den Bug des Bootes inspiziert, «verfügt über das volle Equipment. Toilette, iPhone-Ladestation ... Zigarrenknipser. Für die Unmengen von Zigarren, die man abknipsen muss, um sein fettes Boot zu feiern.»

«Und einen Champagnerkorkenschnipser?»

«Ganz genau. Zigarrenknipser und Champagnerschnipser. Aber eine Sache besitzt es nicht, und die hat dafür unsere Pamela.»

Anna späht durch das Fenster hinein. Neben dem Steuerrad befinden sich Doppeltüren, und sie überlegt, was sich dahinter verbergen mag.

«Wasser auf dem Boden?»

Ihr Vater lacht auf.

«Das auch. Und kein Seil. Das Ding hier hat kein Starterseil.»

«Und wie startet man es dann?»

«Mit einem Schlüssel.»

Er legt seine Hand so vorsichtig auf die Stingray, als könnte sie ihn beißen. Beim Anblick ihres Vaters neben einem Boot mit Zigarrenknipser läuft Anna ein Schauder über den Rücken. Sie zuckt mit den Achseln.

«Das ist Beschiss.»

«Was? Dass sich manche Leute so ein Monstrum leisten können?»

«Dass man es mit einem Schlüssel startet. Ein anständiges Boot braucht ja wohl auch einen anständigen Start mit einem Starterseil. Und guck dir mal den Namen an. *Vinga*. Das ist ja noch nicht mal ein anständiger Name.»

Noch während sie spricht, merkt sie, dass sie es tatsächlich so meint. Sie hasst dieses Boot mit seiner Toilette. Und wie es die Augen ihres Vaters zum Glänzen bringt. Sie kann ihm rein gar nichts abgewinnen.

«Ich schöpf mal das restliche Wasser aus dem Boot.»

Als sie sich umdreht, steht das Mädchen da.

Das Mädchen von der Fähre, mit den schimmernden Haaren und dem blauen Blazer. Bloß dass sie heute eine Strickjacke trägt.

Die Eltern des Mädchens starren mit ausdruckslosen Mienen auf Anna und ihren Vater, dessen Mund sich zu einem einseitigen Grinsen verzieht.

«Hallo», begrüßt er sie mit lauterer Stimme als gewöhnlich. «Wir haben gerade das Boot bewundert, ist das Ihres?»

«Allerdings», antwortet der fremde Vater.

«Wir dachten, es wäre von Pu – ... von Pruschaks.»

Anna würde am liebsten durch den Bootssteg versinken. Unter der Wasseroberfläche davonschwimmen und erst wieder irgendwo am Lastberget auftauchen. Das Mädchen mit den glänzenden Haaren zieht seufzend ihr Handy aus der Tasche. Anna sendet ihrem Vater stumme Signale – *Los, wir verschwinden von hier!* –, die jedoch nicht bei ihm ankommen.

«Ist das ein Diesel?», erkundigt er sich stattdessen.

Der andere Vater nickt.

«Ja.»

«Und läuft der gut?»

«Ja.»

«Falls Sie mal Probleme damit haben sollten, mit Bootsmotoren kenne ich mich ein wenig aus.»

Die Mutter des Mädchens lächelt gezwungen, woraufhin Annas Vater seine Plauderversuche aufgibt. Er mag zwar peinlich sein, aber dumm ist er nicht.

«Soll heute auch wieder ein schöner Abend werden», sagt er zum Abschluss, und sie verlassen endlich Liegeplatz 12.

Anna, die bis zuletzt die Luft angehalten hatte, atmet erleichtert auf.

Lollo

LOLLO TRAUT IHREN Augen nicht. Tatscht dieser abgerissene Kerl von der Fähre doch tatsächlich an ihrem Boot herum. Sie versucht, den Sachverhalt in einer SMS an Mimmi zu schildern, doch dazu müsste sie zuerst von der Begegnung auf der Fähre berichten, und die bekommt sie nicht in Worte gefasst.

Das Mädchen mit der Jeansjacke trägt heute ein T-Shirt. Ihr Körper wirkt regelrecht jungenhaft, vielleicht liegt es aber auch an den Klamotten. Sehnige Beine in einer Shorts, an den Füßen Gummistiefel. Ihr Gesicht ähnelt dem ihres Vaters, ist jedoch weicher und voller Sommersprossen. Ihre Haare sind dunkel und zerzaust, und die Stirnfransen verschatten ihre Augen. Sie könnte dreizehn sein. Aber genauso gut auch fünfzehn.

Lollo starrt demonstrativ auf ihr Handy hinab, um ihren neugierigen Blick zu verbergen.

Als das Mädchen wieder bei seinem Liegeplatz angelangt ist, begreift Lollo auch, weshalb sie Gummistiefel trägt. Leichtfüßig, so als würde es nicht im Geringsten schaukeln, springt sie in ein kleines Ruderboot und beginnt, mit einem Eimer das Wasser herauszuschöpfen.

«Kommst du?»

Ihre Mutter streckt ihr vom Deck der Stingray eine Hand entgegen.

«Los jetzt, Loppan! Sei mal ein bisschen positiv!»

Lollo schluckt die bissige Antwort hinunter, die ihr auf der Zunge liegt. Wie kommt ihre Mutter schon wieder darauf, sie wäre nicht positiv? Hat sie vielleicht irgendwas gesagt? Immerhin ist sie doch mit zum Boot gekommen. Sie greift nach der Hand ihrer Mutter und klettert über die Reling. Während sie versucht, das Gleichgewicht zu halten, schielt sie zu dem anderen Boot hinüber. Niemand beachtet sie. Dort wird nur Wasser aus dem Boot geschöpft.

«Nenn mich nicht immer Loppan, hab ich gesagt.»

Sie sehen aus wie aus einer Reklame. Ihr Vater im hellblauen Polohemd am Steuer, ihre Mutter im Bikini an Deck. Vorsichtig legen sie rückwärts ab, deutlich vorsichtiger allerdings, als sie dies im dazugehörigen Werbeclip tun würden. Der Vater des anderen Mädchens verfolgt sie vom Bootssteg aus mit den Augen, hält sie vermutlich für unfähig, ein Boot zu steuern. Oder aber er begafft ihre Mutter.

Das Mädchen würdigt sie keines Blickes. Sie hebt einen Kanister zu sich ins Boot, beugt sich darüber und macht sich an dessen Deckel zu schaffen. Sie könnte auch schon über sechzehn sein.

«Jetzt haltet euch fest!», ruft ihr Vater ihnen zu, und Lollo spürt den Boden unter sich vibrieren.

Sie schießen über das Wasser davon, was ihre Mutter zu einem albernen Kreischen veranlasst. Lollo verdreht die Augen, doch die rasante Fahrt verursacht auch ihr ein angenehmes Kribbeln im Bauch. Wenn der gesamte Sommer allein darin bestünde, so über das Wasser zu brettern, ließe sich das Ganze eventuell sogar noch ertragen.

Als sie die Mitte der Bucht erreicht haben, bremst ihr Vater abrupt ab und geht ans Telefon. Jetzt ist er wieder in seinem Element, und das klingt immer gleich: «Das muss ich gegebenenfalls überprüfen. Ja, entweder das, oder sie schicken uns ein Angebot. Aber haltet mal die Füße still, bis ich eine Bestätigung habe. Nein, nicht an mich, an den Vorstand. Hast du das notiert?»

Ihre Mutter setzt sich nach achtern und wendet das Gesicht der Sonne zu. Sie ist bereits von den Malediven braun gebrannt und denkt wohl, sie sähe aus wie Barbie, dabei hat sie lauter Falten zwischen den Brüsten. Lollo hat unter ihrem Shirt ebenfalls einen Bikini an, aber wenn sie sich jetzt auszieht, denkt ihre Mutter bloß, sie hätten was gemeinsam. Oder dass sie es genießt.

«Die zwei, die sich da gerade unser Boot angeschaut haben», sagt sie. «Die wohnen doch wohl kaum auch auf der Insel?»

Ihre Mutter lacht auf.

«Was für zwei Gestalten! Na ja, immerhin hatten sie ja ein Boot. Oder wie auch immer man dazu sagen will.»

«Du meinst echt, die haben hier ein Haus?»

Ihre Mutter zuckt mit den Achseln.

«Keine Ahnung. Ist dir nicht warm in deinem Shirt?»

Lollo schüttelt den Kopf. Die Runzeln ihrer Mutter im Augenwinkel und die Geschäftsbesprechung ihres Vaters im Ohr, blickt sie auf das leere Wasser hinaus.

«Ich find's perfekt.»

Bei ihrer Rückkehr ist an Liegeplatz 16 niemand mehr da. Lollos Mutter stolpert lachend von Bord. Ihr Vater kontrolliert dreimal das Schloss und zieht das Verdeck über. Er kettet die Stingray mit der Bugspitze am Bootssteg fest und stemmt die Hände in die Hüften.

«Vielleicht sollten wir unseren Anleger am Haus einfach noch ein Stückchen ausbauen», sagt er. «Dann könnten wir die Stingray dort festmachen.»

«Das wäre um einiges komfortabler», erwidert ihre Mutter. «Oder was meinst du, Lollo?»

Nicht nur das Mädchen und ihr Vater sind weg. Ihr Boot ist ebenfalls verschwunden. Lollo blickt eine Weile über die Bucht hinaus, entdeckt aber zunächst nur ein Schwanenpärchen.

«Lollo, fändest du es nicht auch angenehm, wenn wir einfach direkt zum Boot runtergehen könnten?»

Weiter draußen entdeckt sie das Kunststoffboot. Es liegt ruhig auf dem Wasser, und an jedem Ende ragt ein Kopf heraus. Die beiden sind wirklich seltsam.

«Damit ihr euch nicht länger mit dem Pöbel abzugeben braucht?»

«Lollo!»

«Genau darum geht's euch doch. Ja, das wäre sicherlich angenehm.»

Am Nachmittag wird ihr die Tragweite dessen, was es bedeutet, hier auf dieser Insel zu sein, erst so richtig und in vollem Umfang bewusst. Sie hat insgesamt zehn Selfies geschossen, am Haus, am Steg, am Pool und vor dem Teehaus, und neunundachtzig Likes bekommen. Sie hat einen roten Käfer beobachtet, bis ihr fast die Augen zugefallen sind. Sie hat an ihrer Wade eine Zecke entdeckt und das Foto eines Typen kommentiert, den Mimmi in Oslo abgelichtet hat. Die Zecke war verdammt eklig. Während ihre Mutter sie mit einer Pinzette entfernt hatte, konnte Lollo ihre kleinen Beinchen in der Luft zappeln sehen.

«Wie viele Tage bleiben wir hier?», erkundigt sie sich, nachdem die Zecke zwischen dem Tisch und dem rosa Fingernagel ihrer Mutter zerquetscht wurde.

«Jetzt ist aber endlich gut! Für Papa und mich ist es nicht so sonderlich angenehm, wenn du in allem immer nur das Negative siehst. Und dir macht es so sicher auch keinen Spaß.»

«Ja, aber nicht, weil ich alles nur negativ sehe, sondern weil ich an diesem Ort gefangen bin. Hier kann man echt überhaupt nichts machen!»

«Hier kann man sogar eine ganze Menge machen! Rasen mähen, Unkraut jäten, Blumen pflanzen ...»

Lollo stöhnt.

«Kinderarbeit, sag's doch gleich. Soll ich sonst noch irgendwas erledigen? Eure Schuhe putzen? Kohlen aus einer Grube holen?»

Ihre Mutter verzieht den Mund zu einem Grinsen.

«Soso, wenn's ums Arbeiten geht, dann bist du also plötzlich doch wieder ein Kind. Tja, dann weiß ich es aber auch nicht. Ich hab dir ein paar Vorschläge gemacht. Willst du nicht an deinen Modellen weiterzeichnen? Setz dich doch in die Orangerie.»

«Die Modelle» sind Mimmis und Douglas' Projekt. Die zwei entwerfen dramatische Umhänge, kurze Röcke und Stiefel mit schicken Beschlägen, und sie konzipieren eine Modenschau. Lollo hingegen kann nicht mal einen Rock zeichnen, sie leistet den beiden bloß Gesellschaft. Eigentlich sollte man doch annehmen dürfen, eine Mutter wüsste über ihr Kind Bescheid.

«Ihr kapiert echt überhaupt nichts», sagt sie ruhig und mit Betonung auf dem letzten Wort. «Was müsst ihr mich hassen, dass ihr ... mich von meinen Freunden wegreißt und auf eine einsame Insel voller blutsaugender Zecken und Kinderarbeit verfrachtet. Ihr müsst mich echt verabscheuen.»

Noch beim Aussprechen merkt sie, wie die Worte ihre Mutter treffen. Aber irgendwer muss es ja mal aussprechen.

Zuerst bleibt ihre Mutter stumm. Dann schlägt sie mit der Hand so fest auf den Tisch, dass es knallt.

«So sprichst du nicht mit deiner Mutter!», sagt sie und geht.

Noch bevor sie ganz aus dem Zimmer ist, kommt sie noch einmal zurück. Sie senkt den Kopf zu Lollo hinunter und sieht sie scharf an.

«Ich meine es ernst!»

Hätte sich das Ganze in der Stadt abgespielt, wäre sie jetzt abgehauen. Nur ein paar Schritte die Treppe hinunter, und sie stünde mitten auf einer belebten Straße. Sie könnte Mimmi oder Douglas anrufen, und wenn die keine Zeit für sie hätten, würde sie einfach zu Sofie nach Hause gehen. Dann könnten sie sich bei Tee oder Latte macchiato darüber unterhalten, wie sie als Erwachsene definitiv nicht werden wollten. Keine solchen peinlichen Idioten, die andauernd an ihren Kindern herummeckern.

Hier hat sie exakt zwei Alternativen. Ihr Zimmer oder die Natur.

Ihr Zimmer liegt im Obergeschoss. Darin befinden sich ein Bett, ein weiß gebeizter Schreibtisch und vier weiß gebeizte Kleiderschränke. Auf dem Schreibtisch steht in grauer Schreibschrift irgendwas von «Home». Shabby Chic in Reinkultur.

Neben ihrem Zimmer liegt das Gästezimmer, und daneben das von Peppe. Peppe will übermorgen nachkommen, wodurch die Lage entweder besser oder schlechter werden wird als ganz allein mit ihren Eltern. Okay, ein bisschen besser vielleicht schon.

Das Beste an ihrem Zimmer ist, dass es sich drinnen in einem Haus befindet, wo es nicht überall von Insekten wimmelt. Das Schlimmste daran ist, dass es sich bei besagtem Haus um das ihrer Eltern handelt.

Als sie das Sommerhaus verlässt, sitzen ihre Eltern bei einem Gläschen Roséwein beisammen. Ihre Mutter redet über Pfingstrosen, ihr Vater über seinen Job. Lollo schlüpft hinter ihren Rücken unbemerkt nach draußen.

Anna

BEREITS GEGEN SECHS ist absehbar, dass ihr Vater heute Abend keine Netze mehr auslegen wird. Zum Abendessen hat er sich ein Schnäpschen genehmigt, und danach ging es direkt so weiter. Inzwischen doziert er über Janis Joplin, amerikanische Präsidenten und über den Frieden. Bohrt seinen unsteten Blick in Anna und erklärt, die USA hätten den Irak niemals angreifen dürfen, er könne schwören, dass es dabei einzig und allein ums Öl gegangen sei. Bald schon hat er die halbe Pulle Wodka komplett intus.

Anna pflichtet ihm bei, als er verkündet, dass man strenggenommen nicht dazu verpflichtet sei, schon am ersten Abend Netze auszulegen. Auch wenn dies rein theoretisch betrachtet schon ihr zweiter Abend sei.

«Vielleicht lege ich sie einfach alleine aus», sagt sie, woraufhin er nicht protestiert.

«Denk aber an deine Schwimmweste!»

Als sie die Schwimmweste samt Netz und Benzintank vom Regal im Holzschuppen holt, schläft er schon halb. Draußen keckern noch immer die Vögel, und der Himmel erstrahlt genauso hell wie am Vortag. Der perfekte Abend zum Netzfischen. Sie streift sich ihre Schwimmweste über, macht sie jedoch nicht zu. Anschließend legt sie das Netz und die selbstgebastelten Bojen in einen Eimer und nimmt mit der anderen Hand den Tank.

Der Weg, den sie schon unzählige Male gegangen ist, ist von Kiefern und Espen und den dicken Stümpfen von den Fällarbeiten im Frühjahr gesäumt. Wo die Bäume etwas spärlicher stehen, wächst Storchschnabel, und an einer Stelle warten die Pfifferlinge unter der Erde geduldig auf ihren Auftritt. Der Weg erkennt sie ebenfalls wieder und säuselt: Legst neuerdings also du die Netze aus? Auf halber Strecke muss sie die Hand wechseln. Der Benzintank fasst fünfzehn Liter, und er ist nahezu voll.

Sie will gerade die Böschung zum Bootssteg hinuntergehen, als sie dort unten etwas leuchten sieht. Einen schwachen Schein, einen Lichtfleck, der auf diese rastlose Weise stillsteht, wie es nur Mobiltelefone tun. Irgendjemand sitzt dort unten auf dem Steg und schreibt SMS. Jemand mit einem glänzenden Pferdeschwanz.

Säße dort unten jemand anderes, würde sie jetzt einfach hinuntergehen. Grüßen, genau wie ihr Vater, und das Boot anwerfen. Nun jedoch bleibt sie stehen, wie beim Anblick eines scheuen Tieres.

Die Gestalt bleibt noch eine Weile auf dem Bootssteg sitzen. Dann erhebt sie sich, und Anna denkt schon, sie würde nun zu der Stingray gehen, doch stattdessen spaziert sie langsam weiter auf den Steg hinaus und bleibt genau an Liegeplatz 16 stehen. Dort geht sie in die Hocke, direkt vor Pamela. Für einen Augenblick sieht es so aus, als würde sie das Boot berühren. Dann steht sie wieder auf und beugt sich nach vorn, als versuche sie, seinen Boden zu erkennen.

Ihre Bewegungen haben etwas ganz und gar Eigenes.

Sie sind vorsichtig und irgendwie unbeholfen, aber dennoch geschmeidig. Sie passen zu ihr, und zu ihrem Gesicht. Anna könnte die ganze Nacht hier stehen und sie beobachten. Während sie dort unten denkt, sie wäre allein. Nur ihr Mut lässt Anna schließlich die letzten Schritte den Abhang hinuntergehen.

Ihr fallen drei mögliche Alternativen ein, was sie sagen könnte, sobald sie unten angelangt ist. «Hi» ist davon die erste. «Liegt dein Boot nicht dort drüben?», wäre die zweite. Und die dritte Alternative besteht darin, überhaupt nichts zu sagen, sondern einfach ins Boot zu steigen und mit der Arbeit zu beginnen. Was aber möglicherweise etwas seltsam wirken könnte, falls das Mädchen weiter neben dem Bug stehen bleibt.

Sie ist schon fast bei Pamela angelangt, als die Bojen in ihrem Eimer unvermittelt scheppern. Das Mädchen wirbelt mit aufgerissenen Augen herum.

«Oh Gott, hab ich mich erschreckt!»

Annas Kopf ist wie blockiert. Der Ausdruck im Blick des anderen Mädchens, dessen Augen sich auf exakt derselben Höhe befinden wie ihre eigenen, wechselt von erschrocken zu überrascht, oder vielleicht auch zu forschend oder ... egal. Aber irgendwas muss sie jetzt sagen.

«Hi», sagt sie also. «Liegt dein Boot nicht dort drüben?»

«Doch.»

Das Mädchen hält kurz inne, bevor sie fortfährt.

«Ich schau mich bloß ein wenig um.»

Anna weiß absolut nicht, was sie noch sagen soll. Ihre zwei Sätze sind aufgebraucht, und die Unbekannte, die sich auf so ganz spezielle Art bewegt, steht noch immer vor ihr. Ist das der Moment, in dem man übers Wetter redet? Über die Wege, die nicht ordentlich geräumt wurden?

«Ich hab gehört, was du über unser Boot gesagt hast», sagt die Fremde. «Dass es einen hässlichen Namen hat und so.»

Anna schießt das Blut ins Gesicht.

«Äh», stammelt sie. «Ich meinte bloß ... also, na ja, Boote heißen doch normalerweise eher so ...»

Sie lässt den Satz langsam auslaufen und verstummt.

«Ich hab nicht ganz verstanden, was du mit Seil gemeint hast.»

«Was denn für ein Seil?»

«Du hattest von einem Seil gesprochen.»

«Ach so, das.»

Anna stellt den Benzintank ab, streckt den Arm, mit dem sie ihn getragen hat, zur Dehnung durch und springt ins Boot.

«Das hier», sagt sie und zieht am Starterseil.

Was dämlich ist, weil sie ja das Benzin noch gar nicht angeschlossen hat. Das fällt ihr aber erst mitten in der Bewegung ein. Es gibt ein Immer und ein Nie: Man muss immer eine Schwimmweste tragen. Und man darf ein Boot nie trocken starten. Zum Glück zieht sie zu langsam, und nichts passiert.

«Damit startet man das Boot», sagt sie schnell, «aber zuerst schließt man das Benzin an. Reichst du mir den Tank?»

«Wen?»

«Den Kanister dort.»

Das andere Mädchen hebt den Benzintank ächzend,

aber klaglos zu ihr herüber. Wenn die wüsste, geht es Anna durch den Kopf, dass sie ihn den ganzen Weg vom Paradies bis hierher getragen hat.

«Willst du etwa ganz allein aufs Meer rausfahren?»

Anna nickt. Als wäre das ganz selbstverständlich, als würde sie schon seit ihrem siebten Geburtstag auf eigene Faust aufs Meer rausfahren.

«Ich will ein Netz auslegen.»

Das Mädchen rührt sich nicht von der Stelle. So langsam könnte sie echt mal gehen, auf dem Steg ist freie Bahn, und Anna fällt nicht ein einziges interessantes Gesprächsthema ein. Doch sie bleibt stehen und sieht Anna dabei zu, wie sie den Benzinschlauch am Motor befestigt und den Choke zieht. Anna holt tief Luft und bereitet sich innerlich auf ein Nein vor.

«Willst du's mal probieren?»

«Okay.»

Ihre Hände befinden sich genau nebeneinander, obwohl sie nicht einmal den Namen des anderen Mädchens kennt. Sie deutet auf den Griff.

«Du musst feste reißen», erklärt sie.

Das Mädchen gibt sich einen Ruck und zieht kräftig. Jedenfalls kräftiger, als man es von ihr erwartet hätte. Der Motor röchelt kurz und stirbt ab.

«Noch mal», ermuntert Anna sie. «Häng dich mit dem ganzen Körper rein, nicht nur mit dem Arm.»

Beim vierten Anlauf ist das Mädchen drauf und dran aufzugeben. Resignation macht sich in ihrem Gesicht breit, sie hat die Lust verloren und wird bestimmt gleich verschwinden. Anna stellt sich näher an sie heran. Eigentlich etwas zu nah für so eine verwöhnte Modetussi, aber eben notwendig, um das Boot zu starten.

«Schau, so», sagt sie und nimmt die Hand des Mädchens.

Also nicht *in* die Hand, wie beim Händchenhalten. Sie umfasst lediglich ihr Handgelenk und zeigt ihr, wie sie sich am Motorgehäuse abstützen kann. Das Handgelenk ist warm und genauso schmal wie ihres.

«Stütz dich ab», erklärt sie, «und dann reißen!»

Beim sechsten Anlauf kommt der Motor mit einem Husten in Gang. Das Mädchen lacht vor Überraschung auf und blickt Anna an.

«Ich hab's geschafft!»

Anna antwortet ganz wie ihr Vater:

«Klar hast du's geschafft.»

Der Motor brummt erwartungsvoll vor sich hin, doch sie kann ja schlecht einfach ungefragt mit jemandem aufs Meer hinausfahren. Schon gar nicht ohne Schwimmweste. Aber der Abend ist sowieso schon so ein Zwischending, weder Tag noch Nacht, und auf einem schwimmenden Boot verschwimmen auch die Grenzen.

«Zu zweit geht das Netzauslegen leichter», sagt sie.

Das Mädchen blickt aufs Wasser hinaus. Wenn sie jetzt nein sagt, wird Anna ihr für alle Zukunft aus dem Weg gehen. Es ist ihr jetzt schon peinlich.

«Okay.»

Das Szenario spielt sich binnen Sekunden vor Annas innerem Auge ab. Sie stechen in See und legen ihr Netz aus, das andere Mädchen geht über Bord und ertrinkt. Ihr Vater bringt daraufhin Anna um, was im Grunde gar nicht notwendig wäre, weil sie sowieso zeitgleich an ihren eigenen Schuldgefühlen stirbt. Sie brauchen unbedingt eine zweite Schwimmweste.

«Warte hier», sagt Anna.

Sie hofft, ihre Worte reichen. *Warte hier.* Diese zwei Wörter, die eine Fremde auf unbestimmte Zeit in ihrem Boot festhalten sollen. Auf dem Steg hält sie noch einmal kurz inne.

«Ich heiße übrigens Anna.»

«Und ich Louise.»

Sie rennt die gesamte Strecke zurück zum Paradies. Und bereut dabei x-mal ihre Entscheidung. Louise hätte doch ihre Schwimmweste nehmen können! Sie selbst kann ziemlich lange schwimmen, und außerdem besitzt sie einen gesunden Bootsverstand und weiß, worauf es auf See ankommt. Sie hätte es einfach riskieren sollen, nur dieses eine einzige Mal, und könnte schon längst mit Louise draußen auf dem Wasser sein. Stattdessen spurtet sie durch den Wald, über die dicken Wurzeln.

Als sie im Paradies ankommt, sitzt ihr Vater immer noch schnarchend in seinem Liegestuhl, das Kinn auf die Schulter gesunken. Anna fliegt an ihm vorbei in den Holzschuppen und nimmt seine Schwimmweste vom Haken. Sie ist eigentlich zu groß für sie, und auch für Louise, doch etwas Besseres hat sie nicht.

Das Boot wird bei ihrer Rückkehr sowieso leer sein, Louise ist bestimmt längst langweilig geworden. Louise, Louise, trommeln Annas Füße über den Erdboden, holen sich an Blaubeersträuchern Schrammen und stolpern über Traktorspuren. Warum ist es so wichtig, dass du bleibst?

Lollo

DAS BOOT RIECHT nach Benzin und altem Kunststoff. Bei jeder kleinsten Bewegung beginnt es zu schaukeln, weshalb Lollo versucht, zwischen all dem Schmutz einen Sitzplatz zu finden. Auf dem Boden liegen zwei Decken herum, die früher einmal rot gestreift waren. Sie nimmt eine davon auf, bürstet sie leicht mit der Hand ab und legt sie auf die mittlere Bank im Boot.

Sie hat keine Ahnung, warum es sie ausgerechnet hierher gezogen hat. Oder weshalb sie noch immer da ist. Als Anna sie überraschte, hätte sie doch einfach «Entschuldigung» sagen und wieder abhauen können. Sie hätte «Nein» sagen können, als sie ihr den Benzintank reichen sollte, und sich weigern, zu ihr ins Boot zu steigen. Noch immer kann sie Annas Hand um ihr Handgelenk spüren, ihre gebeugte Körperhaltung, als sie ihr gezeigt hat, wie man am Starterseil zieht. Sie hat nach Feuer geduftet.

Als Anna zurückkommt, ist sie ganz außer Atem. Sie streift sich ihre Schwimmweste ab.

«Du kannst die hier nehmen.»

Sie selbst zieht die andere Weste an. Sie ist ihr mehrere Nummern zu groß, und Anna muss ganz schön an den Riemen herumzurren, bis sie einigermaßen sitzt.

«Die gehört eigentlich meinem Vater», sagt sie und muss plötzlich grinsen. «Ich werde schwimmen wie ein Korken.»

Die Prophezeiung jagt Lollo ein wenig Angst ein. Die Vorstellung, sie könnte allein im Boot sitzen, während Anna in der Schwimmweste ihres Vaters neben ihr auf dem Wasser treibt.

«Fallt ihr oft ins Wasser?»

Annas Antwort kommt wie aus der Pistole geschossen.

«Nie. Wir sind auf dem Wasser zu Hause.»

Bei Anna startet das Boot beim ersten Versuch. Lollo macht sich auf den Sog gefasst, wenn es plötzlich über das Wasser davonsaust, doch er bleibt aus. Stattdessen tuckert der Kahn langsamer aus der Bucht als die Fische unter Wasser.

«Nicht gerade ein Rennboot», sagt sie mit einem Lächeln.

«Nee», entgegnet Anna kurz.

Als Lollo einen verstohlenen Blick auf ihr Gesicht wirft, wirkt es angespannt. Vielleicht muss sie sich aufs Steuern konzentrieren, den Arm so nach hinten am Steuerdings und die Augen auf den Horizont gerichtet. Oder aber Lollo hat gerade ihr Boot verunglimpft. Dabei wollte sie doch nur ein wenig die Stimmung auflockern. Trotz angestrengter Versuche will ihr partout kein besseres Thema einfallen, ihr Kopf weigert sich. Sie fühlt sich wie ein überflüssiger und obendrein überheblicher Passagier, der noch dazu nicht die geringste Ahnung davon hat, wie man ein Netz auslegt.

«Wie legt man denn ein Netz aus?», erkundigt sie sich mit ihrer nettesten Stimme.

«Zeig ich dir, wenn wir da sind.»

Aaaha.

Zwischen den Inseln weiter draußen sind zwei Boote dicht hintereinander zu sehen. Das eine ähnelt eher einem Floß, das andere schippert gemütlich vor sich hin. Als sie an ihnen vorüber sind, gerät Pamela in deren Kielwasser derart ins Schlingern, dass Lollo sich an die Bordwand klammern muss. Anna drosselt das Tempo und lässt das Boot im Rhythmus der Wellen mitschaukeln, jedoch ohne sich selbst festzuhalten. Sie kann das Meer unter ihren Füßen spüren, sinniert Lollo. Nichts kann sie hier draußen schrecken.

«Hier fühlt man sich wenigstens wie in einem richtigen Boot», sagt sie.

Es ist der Auftakt zu einem Kompliment, doch Anna hört ihr gar nicht zu.

«Dort drüben liegt eine Untiefe», erklärt sie stattdessen und deutet aufs Wasser.

Lollo kann nichts erkennen.

«Sie ist nicht markiert», fährt Anna fort, «es kommt daher immer wieder mal vor, dass Boote dort auflaufen. Wenn man diese Landzunge dort sieht und gleichzeitig den Felsen da drüben, darf man nicht näher heranfahren.»

Sie zeigt in die entgegengesetzte Richtung.

«Dort drüben legen wir unser Netz aus.»

Anna stellt den Motor ab, und es wird leise. Keine Motorengeräusche mehr, keine anderen Boote. Niemand mehr, der redet, ja nicht einmal mehr ein Brummen im Hintergrund. Nur noch das leise Gluckern des Wassers gegen den Rumpf, während das Boot weiterschaukelt. Sie sind nun weit von allem anderen entfernt, sind zu zweit allein in diesem Boot, nur noch sie beide und die Wassermassen.

Lollo versucht sich vorzustellen, sie wäre stattdessen mit Mimmi hier, doch es klappt nicht. Anna ist viel zu seltsam, als dass man sie einfach ersetzen könnte. Außerdem kann Mimmi vermutlich keinen Motor starten.

«Was meinst du damit, hier fühlt man sich wenigstens wie in einem richtigen Boot?», fragt Anna plötzlich.

Lollo hatte angenommen, sie hätte sie gar nicht gehört.

«Weil man hier drin jede Welle spüren kann», gibt sie zur Antwort. «Man hat das Wasser quasi direkt unter den Füßen. Unser Boot erinnert mich eher an ein ... schwimmendes Hotelzimmer.»

Anna blickt übers Wasser hinaus, und Lollo folgt ihrem Beispiel. Abgesehen von ein paar Ringen auf der Oberfläche, die ein Fisch gerade ein Stückchen neben ihnen hinterlassen hat, ist es vollkommen ruhig. Am Ufer spiegeln sich die Felsen im Wasser, wodurch sie ein Kinn bekommen, die Fichten bekommen Bärte.

«Mhm», macht Anna. «Reichst du mir mal den Eimer?»

Anna nestelt eine ganze Weile schweigend am Netz herum. Entwirrt Knoten und befestigt Schnüre an einer ihrer beiden mitgebrachten Bojen. Lollo mustert sie. Ihre vor Konzentration zusammengezogenen Brauen, die Zungenspitze im Mundwinkel. Sie überlegt, wie alt sie wohl ist, auf welche Schule sie geht. Wenn sie denn überhaupt zur Schule geht. Vielleicht lebt sie ganz auf dieser Insel.

«Kann ich was helfen?», erkundigt sie sich.

Anna schüttelt den Kopf.

«Dadurch geht es auch nicht schneller.»

Sie sieht auf und begegnet einen Moment lang Lollos Blick.

«Ich knote das Netz an der Boje fest», sagt sie zur Erklärung. «Damit es nicht untergeht. Dann lassen wir es später hier.»

«Sag Bescheid, wenn ich was tun kann.»

«Gleich.»

Da Anna keinen besonders gesprächigen Eindruck macht, richtet Lollo den Blick auf ein paar Möwen auf einem Stein in der Ferne. Über ihnen schwebt eine weitere Möwe, und am Horizont steht die Sonne. Ihr diffuses Licht spiegelt sich im Wasser wie eine zum Leben erwachte Ansichtskarte. Sollten ihre Eltern sich fragen, wo sie gerade steckt, kämen sie ganz bestimmt nicht darauf, dass sie mitten im Sonnenuntergang sitzt.

«Was befindet sich eigentlich hinter diesen Türen?»

Annas Stimme durchbricht die Stille. Sie knotet noch immer mit vor Konzentration zusammengezogenen Augenbrauen Schnüre fest. Doch sie wirft Lollo einen flüchtigen Blick zu.

«Auf eurem Boot, meine ich.»

«Ach so. Na ja, da gibt es so ein ... ausklappbares Bett. Ein Klo, einen Fernseher, und ähm ...»

Mehr fällt ihr im Moment nicht ein.

«Nicht gerade ein Ort, an dem man gerne wohnen möchte», fügt sie hinzu.

«Kannst du rudern?»

«Ich ... glaube ehrlich gesagt nicht, dass man das Boot rudern kann.»

Anna lacht.

«Ich meine jetzt. Wir müssen rudern, wenn das Netz raussoll. Kriegst du das hin?»

Anna legt den Benzinkanister, ihre sogenannte Boje, raus aufs Wasser. Sie hat daran eine Ecke ihres Netzes befestigt, und nun soll sie, Lollo, also rudern.

«Senkrecht anwinkeln», befiehlt Anna. «Absenken und zu dir herziehen, aber langsam. Versuch, die Bewegung gleichmäßig auszuführen.»

Die Ruder sind so lang wie Menschen, und ihre Griffe von fremden Händen glatt geschliffen. Lollo findet es schwierig, geradeaus zu rudern, doch nach einer Weile sagt Anna: «Klappt doch ganz gut», und sie kann nicht umhin, ein wenig Stolz zu empfinden. Wahrscheinlich lernt nicht jeder gleich so auf Anhieb rudern.

Während Lollo das Boot mit gleichmäßigen Ruderschlägen vorwärtsbewegt, legt Anna Stück für Stück das Netz aus.

«Jetzt drehen wir nach links», sagt sie. «Ruder mit der anderen Seite stärker. Sehr gut! Langsamer!»

Als Anna endlich die zweite Boje zu Wasser lässt, ist Lollo fix und fertig. Ihr ganzer Körper ist wie ausgepumpt, keine Kraft, keine Konzentration, kein Adrenalin mehr. Anna balanciert im Boot zu ihr nach vorn und hilft ihr dabei, die Ruder einzuholen. Da erst bemerkt Lollo, wie Annas Hände zittern.

«Hat mit dem Netz alles geklappt?», erkundigt sie sich.

Anna legt die Ruder an ihren Platz, eins nach dem anderen. Dann setzt sie sich frontal vor Lollo und holt tief Luft.

«Ja», antwortet sie. «Alles bestens. Aber das war vielleicht anstrengend!»

«Weil ich schief gerudert bin?»

«Quatsch. Aber ... normalerweise legt mein Paps die Netze aus. Und ich rudere.»

An ihrer Stimme hört man, dass das eben ein Geständnis war.

«Was hättest du getan, wenn du allein gewesen wärst?»

«Es trotzdem versucht.»

Auf einmal lächelt Anna. Ihr Lächeln kommt so plötzlich und ist so breit, dass auch Lollo ein unwillkürliches Ziehen in den Mundwinkeln verspürt.

«Wenn alles um uns herum zusammenstürzen würde», sagt Anna, «also wenn unsere ganze Zivilisation untergeht. Dann könnten wir immer noch vom Fischfang leben.»

Anna

ANNA HAT EINE VORLIEBE für alles, was mit Überlebensstrategien zu tun hat. Alle essbaren Pflanzen im Wald zu kennen, zum Beispiel, oder wie man ein Feuer ohne Feuerzeug entfacht. Die Vorstellung, sie und Louise könnten sich ihren Fisch einfach selber fangen, wenn alles um die Bucht herum in Trümmern läge, macht sie stark.

Louise starrt sie mit ausdruckslosen Augen an. Vermutlich findet sie Annas Überlegungen albern. Wahrscheinlich wird sie sagen, dass es komplett unlogisch wäre, wenn die ganze Welt untergeht, und ausgerechnet sie beide würden überleben. Ihr perfektes Gesicht macht Anna nervös, ihre teure Strickjacke kommt ihr vor dem schmutzigen Boden des Ruderboots vor wie ein Traum. Sie sollte den Motor anwerfen und zurückfahren.

«Und wie würden wir unseren Fisch zubereiten?»

Annas Magen macht einen Satz. Sie hält in ihrem Impuls, sich dem Motor zuzuwenden, abrupt inne.

«Grillen», antwortet sie. «Und wenn unsere Feuerzeuge leer wären, und es auch sonst keine mehr gäbe, weil ... na ja, weil ja die Welt untergegangen ist, dann hätten wir immer noch meinen Zündstahl.»

Louise blinzelt sie an.

«Und woher bekämen wir Wasser?»

«Aus unserem Pumpbrunnen natürlich. Und aus Regentonnen.»

«Und unsere Kleidung?»

«Hm. Wir müssten wohl ein paar Schafe fangen.»
«Gibt's hier auf der Insel denn welche?»
«Es gibt jedenfalls einen Dachs.»
Louise muss kichern.
«Das heißt also, wir würden uns von Fisch ernähren, Regenwasser trinken und in Dachsklamotten herumlaufen? In dem Fall bin ich mir nicht so sicher, ob ich will, dass die Welt untergeht.»

Louises Bemerkung verträgt sich nicht mit Annas Überlebensidee. Dafür ist ihr Kichern ansteckend.

«Ich auch nicht», erwidert Anna. «Aber es kann ja nicht schaden, einen Plan B zu haben.»

Sie sind mittlerweile ein Stück von dem Netz und den Bojen weggetrieben. Diese schaukeln ein paar Meter weiter leise vor sich hin. Um die Bojen herum glitzert das Wasser, ansonsten ist es inzwischen größtenteils schwarz. Von der Sonne ist am Horizont nur noch ein letzter Widerschein übrig, violette Wolken, und darunter der Landstreifen wie ein schwarzes Band. Was bedeutet, dass es bereits nach elf sein muss. Louise zieht ihre Strickjacke enger um sich, anscheinend friert sie. Sie sollten so langsam wirklich wieder zurückfahren.

«Auf welche Schule gehst du?», fragt Anna, um den Moment festzuhalten.

«Östra Real. Also, genauer gesagt, ab Herbst. Dann fange ich dort an. Und du?»

«Huddinge. Davor war ich in Rågsved.»

«Okay.»

Sie hätte lügen können. Östra Real versus Rågsved, das sind zwei verschiedene Welten. Louises Gesicht wird abermals ausdruckslos, oder täuscht das? Im Dunkeln lässt sich das nur schwer erkennen. Bald wird sie den Motor starten müssen. Bald wird Louise ihr iPhone nehmen und sie wegen Entführung anzeigen. Bald ...

«Gibt's dort ein paar scharfe Jungs?»

Anna wird von Wärme erfüllt. Louise kauert in ihre Strickjacke gehüllt vor ihr und will lieber reden als nach Hause fahren.

«Weiß ich noch nicht. Werden wohl dieselben sein wie in der Neunten. Vielleicht auch noch ein paar mehr, aber ...»

«Aber was?»

Sie weiß nicht, warum sie an dieser Stelle nicht einfach die Klappe hält. Louise will über gutaussehende Jungs reden, also sollte auch sie über Jungs reden. Doch der Rest des Satzes rutscht ihr einfach so heraus.

«Ich mag Mädchen irgendwie lieber.»

Niemand würgt eine Unterhaltung dermaßen effektiv ab wie Anna. In ihrem Kopf drängeln sich schlagartig tausend Dinge, die ihr Hirn jetzt für geeignet hält, um die Aufmerksamkeit von dem eben Gesagten wegzulenken. Wie zum Beispiel: «Einmal ist uns sogar ein Hornhecht ins Netz gegangen.» Oder: «Mit Fahrradpedalen kann man eigentlich so ziemlich alles betreiben.» Oder auch: «Unser Dach leckt.» Doch sie bleibt stumm, und Louise schweigt ebenfalls. Das Boot füllt sich mit Schweigen, das sich nicht so leicht wieder hinausschöpfen lässt.

Schließlich steht Anna auf und schmeißt den Motor an. Er startet beim dritten Versuch.

Als sie zurück am Bootssteg sind, möchte sie sich am

liebsten allein um alles kümmern. Das Boot vertäuen, und dann schnell nach Hause. Doch zwischen ihr und dem Bug sitzt Louise.

«Kannst du das Seil nehmen?», nuschelt sie ihr zu.

Louise nimmt das Tauende entgegen, das Anna ihr reicht. Bevor sie an Land geht, fängt sie Annas Blick auf.

«Mein bester Kumpel ist übrigens schwul», sagt sie. «Ist also ...»

Sie führt ihren Satz nicht zu Ende, doch Anna versteht trotzdem, was sie ihr sagen will. «Ist also völlig in Ordnung.» In ihre Erleichterung mischt sich Verlegenheit. Können sie nicht einfach über irgendwas anderes reden?

«Okay. Jetzt halt gut dagegen, dann komme ich hoch.»

Sie macht das Boot sorgfältig fest. Fühlt sich dabei genauso beobachtet, wie als sie mit ihrem Vater das Wasser ausgeschöpft hat, zurrt mit aller Kraft am Seil.

Als sie durch den schwarzen Wald zurücktrabt, kann sie sich nicht erinnern, ob sie sich überhaupt verabschiedet hat. Sie weiß, dass das Boot gut vertäut ist und sie den Benzintank mitgenommen hat, denn den trägt sie in der Hand. Doch ihr will nicht mehr einfallen, was sie zum Abschied gesagt hat, nur dass ihre Kehle wie zugeschnürt war. Sie kann sich auch nicht entsinnen, was Louise zu ihr gesagt hat, wohl irgendwas mit ihren Eltern. Woran sie sich jedoch erinnert, ist Louise im Profil, als sie sich dem Meer zuwandte und der Schein der lila Wolken auf ihre Nase, Stirn und Lippen fiel.

Ihr Vater sitzt nicht mehr in seinem Liegestuhl. Sie hat es regelrecht vor Augen, wie er frierend erwacht, sich am Kopf kratzt und zurück in ihr Häuschen trottet. Als sie die

Tür einen Spaltbreit öffnet, sieht sie seine Schuhe auf der Fußmatte stehen.

Sie stellt den Eimer in den Holzschuppen. Legt den Tank auf das Regal, hängt die Schwimmwesten an ihren Haken und streicht hastig mit der Hand über die, die Louise den ganzen Abend getragen hat. Nur um sich zu vergewissern, dass diese Nacht auch wirklich real ist. Der Stoff unter ihrer Handfläche fühlt sich rau an.

Lollo

IHRE MUTTER IST der Ansicht, dass ihr Vater zu viel arbeitet. Sie hätten es doch ruhig angehen lassen wollen, wiederholt sie allein schon beim Frühstück mehrere Male. Auf dem Bootssteg sitzen und den Moment genießen. Lollo hat den Kopf über ihr Handy gebeugt und scrollt sich durch alle verpassten Aktualisierungen.

«Kannst du das Ding nicht endlich mal weglegen?», meckert ihre Mutter sie an. «Wir wollten uns doch einer Digital-Detox-Kur unterziehen. Bin ich jetzt etwa die Einzige, die sich daran hält?»

«War ja schließlich deine Idee», entgegnet Lollo, ohne aufzusehen.

«Peter», fleht ihre Mutter ihren Vater an, der daraufhin den Blick hebt.

«Ja, leg das Ding jetzt endlich weg», fordert er Lollo auf. «Das ist nicht gemütlich.»

Die beiden sind wie zwei penetrante Mücken. Zwei, die unablässig und nervtötend durch ein dunkles Schlafzimmer surren und sich nicht die Bohne darum scheren, wie man selbst sich dabei fühlt. Man kann von Glück reden, dass sie einem nicht auch noch das Blut aussaugen.

«Da siehst du mal, wie ich mich immer fühle», sagt Lollos Mutter nun zu ihrem Vater. «Wenn du ständig am Arbeiten bist. Als wir das hier geplant haben, war ich felsenfest davon überzeugt, du würdest es ebenfalls als Urlaub betrachten.»

Lollo liest weiter. Mimmi hat sich ein neues Glätteisen gekauft, Douglas und Sofie haben vierzig neue Bilder vom Strand in Zakynthos gepostet. Mit Sonnenbrillen, mit der Sonnenbrille des jeweils anderen, Douglas, der in Sofies Bikini herumblödelt. Bilder eines anderen Urlaubs.

Für einen kurzen Moment flackern die letzte Nacht, das Boot und Anna wieder vor ihr auf. Die bleichen Benzinkanister auf dem schwarzen Wasser.

«Bald kehrt etwas Ruhe ein», erwidert Lollos Vater. «Im Juli macht kein Mensch einen Finger krumm. Alle Mails werden mit einer Abwesenheitsnotiz beantwortet, und irgendwann gibt man's auf. Ach, komm schon, Bibs.»

Bibs nennt Lollos Vater ihre Mutter immer dann, wenn er ganz besonders charmant sein möchte. Was bei Lollo jedes Mal einen Brechreiz auslöst, bei ihrer Mutter hingegen scheint es zu funktionieren. Sie gibt ein leises Grunzen von sich, woraufhin Lollos Vater meint, sie sei schnuckelig. Mit einem Stöhnen steht Lollo vom Tisch auf. Weiß gebeizt, mit Eisenbeschlägen an den Seiten.

«Ach, sag mal», sagt ihr Vater nun zu Lollo gewandt, «was gab's am Strand eigentlich so Spannendes?»

Lollo zuckt mit den Achseln. Als sie gestern Abend nach Hause gekommen war, waren die beiden noch wach gewesen. Aber da konnte sie ja schlecht erzählen, dass sie draußen in der Bucht ein Netz ausgelegt hat. Deshalb hatte sie behauptet, sie wäre am Strand gewesen.

«Nichts», erwidert sie. «Auf dieser Insel gibt's überhaupt nichts Spannendes.»

Ihr fällt ihre Konzentration wieder ein. Wie sie den ganzen Körper hatte anspannen müssen, damit die Ruder sich gleichmäßig durchs Wasser bewegen. Wie Anna mit dem einen Bein das Gleichgewicht hielt, während sie Stück für Stück das Netz ins Wasser ließ. Und sie erinnert sich an Annas in die Ferne gerichtete Hand: Dort drüben liegt eine Untiefe.

Ihre Mutter hält es für eine gute Idee, einen Rundgang um die Insel zu unternehmen. Sich mal ihre Nachbarn anzuschauen, was es sonst noch alles gibt und wie es hier so aussieht. Irgendwo soll sich eine Tanzfläche befinden, die man für Feste anmieten kann. Und auf der Südseite soll es ein paar schöne Strandlösungen geben.

«Wo dir unser Strand doch nicht gefällt», sagt sie gut gelaunt zu Lollo. «Vielleicht entdeckst du ja was, das dich inspiriert.»

Lollo schüttelt den Kopf. Mit ihrer Mutter Strandlösungen zu besichtigen, entspricht nicht unbedingt ihrer Vorstellung von Sommerferien.

«Das Gelände ist hügelig», versucht ihre Mutter sie zu locken. «Gutes Training für den Hintern.»

«Ich bleibe hier.»

Nachdem ihre Mutter nach draußen gegangen ist, wird es still. Nicht völlig still, Vogelgezwitscher dringt durch die Wände, und in seinem Arbeitszimmer rattert ihr Vater Zahlen ins Telefon. Aber still.

Lollo versucht, Mimmi anzurufen, doch es ist besetzt. Douglas erwidert ihren Anruf mit einem Redeschwall:

«Hi Süße, du, ich kann grad nicht reden, hab so 'n Limit für Auslandsgespräche aufm Handy. Wir spähen grade einen wahnsinnig heißen Griechen aus. Schick dir ein Bild, Bussi!»

Kurz darauf kommt ein heimlich geknipstes Foto von

einem braun gebrannten Mann auf einem Handtuch. Der halbe Kopf ist abgeschnitten, dafür sind Schultern und Hintern im Fokus. Lollo muss über Douglas' Fixierung auf gutaussehende Modeltypen schmunzeln, und plötzlich fällt ihr wieder ein, dass sie erst letzte Nacht von ihm gesprochen hat. Sie beginnt, ihm eine SMS zu schreiben, was ihr aber nicht gelingt. «Hab erst gestern mit einer Lesbe über dich gesprochen», klingt irgendwie überhaupt nicht so, wie es in Wirklichkeit war.

Sie dreht eine Runde durchs Haus. Es quillt regelrecht über von dem Wunsch ihrer Eltern, ein Landleben zu führen, überall wimmelt es von weiß lackierten Kommoden aus dem neunzehnten Jahrhundert, Emaille-Töpfen und Designer-Sprossenstühlen. An einer Wand hängt ein riesiges Schiffssteuerrad.

Als sie aus dem Fenster schaut, steht ihre Mutter noch immer auf dem Grundstück. Sie zupft an einer Pfingstrose herum, streckt sich und geht auf das Gartentörchen zu. Lollo zieht sich schnell ein Paar Schuhe an und holt sie ein.

«Also gut», sagt sie. «Ich komme doch mit.»

Sie geht nicht mit, um nach Anna zu suchen. Ganz bestimmt nicht. Aber falls sie zufällig bei ihr vorbeikommen sollten, wäre es doch cool, mal zu sehen, wie sie so wohnt. Oder vielleicht nicht unbedingt cool, aber schon ganz nett.

Die Insel besteht quasi aus Steinen. Große Steine im Wald, kleine Steine am Strand, Steine aller Art in den Gärten. Und das viele Grün erst, das einen regelrecht überfällt. Die Farne rollen sich dem Himmel entgegen, als wären sie Bäume, und Blumen, deren Namen sie nicht kennt, überziehen die Wiesen wie ein kunterbunt gefleckter Teppich.

Wenn alle Menschen die Insel verlassen würden, wäre sie innerhalb einer Woche zugewuchert.

«Schau, ein Schmetterling!», ruft ihre Mutter und deutet auf das Insekt.

Lollo gibt sich wirklich Mühe, ihre Mutter zu lieben. Allerdings ist das etwas schwierig, wenn sie permanent auf Selbstverständlichkeiten hinweisen muss. Wie dass ein Schmetterling ein Schmetterling ist. Immerhin ist er genau vor ihrem Gesicht vorbeigeflogen. Konnte man quasi gar nicht übersehen.

Sie gibt ein kurzes «Hm» zur Antwort, um trotz allem nett zu sein.

Die Gärten bestehen im Grunde aus gesäuberten Felsen und gepflegten Rabatten. Rasenmähroboter verrichten tuckernd die Arbeit, während Paare mittleren Alters bei einem Glas Wein auf ihren mit Holzrosten verlegten Veranden sitzen. Weit und breit kein abgerissener Kerl mit einer fünfzehnjährigen Tochter.

«Die ist doch mal hübsch, oder?», fragt Lollos Mutter. «Oder etwa nicht? Ich kann mich nicht so recht entscheiden. Ist die schön, was meinst du?»

Sie deutet auf eine Hollywoodschaukel neben einer Art Blumentopf. Lollo brummt zur Antwort, und plötzlich meint sie, den Eimer wiederzuerkennen, den Anna mit auf dem Boot hatte. Er steht etwas abseits auf dem Grundstück, an der Ecke eines grau gestrichenen Hauses. Gestern noch baumelte er in Annas Hand.

«Loppan? Wollen wir mal weitergehen?»

Lollo schüttelt den Kopf.

«Wir könnten uns doch ... die Hollywoodschaukel etwas näher ansehen.»

Im Fenster regt sich etwas.

«Gefällt sie dir?», erkundigt sich ihre Mutter mit einem Lachen. «Bei dir weiß man nie, was dir gefällt, wenn du nie einen Ton sagst.»

«Mhm.»

Die Türklinke bewegt sich. Lollo spürt Nervosität in sich aufsteigen, was aber komplett lächerlich ist. Wenn Anna jetzt herauskommt, wird sie ihr sowieso bloß einen flüchtigen Blick zuwerfen und nichts sagen. Hoffentlich sagt Anna auch nichts. Sie werden lediglich einen vertrauten Blick austauschen. Zwei, die zusammen ein Netz ausgelegt haben. Ihre sommersprossige Nase, die zerzausten Haare, diesmal bei Tageslicht.

Eine blonde Frau um die vierzig tritt durch die Tür nach draußen. Als ihr Blick auf Lollo und ihre Mutter fällt, bleibt sie unvermittelt stehen.

«Hallo», sagt sie.

«Hallo», erwidert Lollos Mutter. «Tolle Hollywoodschaukel!»

Der Rundgang ist ein einziges Fiasko. Sein Höhepunkt ist erreicht, als Lollos Mutter vor Schreck laut aufkreischt, weil sie denkt, sie hätte eine Schlange entdeckt. Gegen Ende müssen sie noch einen langen Waldhang hinaufsteigen, um wieder an der richtigen Stelle herauszukommen. Trainiert den Glutaeus maximus, behauptet ihre Mutter kurzerhand, aber vor allem schwitzt man total eklig. Abgesehen davon ist Lollo fünfzehn, ihr Hintern sitzt auch so schon perfekt.

Felsen, die bis hinunter ans Wasser reichen, und Möwen, die sich zwischen den daraus herausragenden Steinen gegenseitig ankreischen. Waldpfade, Ameisen, perfekt gepflegte Rasenflächen und Klohäuschen, die ihre Mutter «entzückend» findet. Weiße Häuser, rote Häuser, schwarze Häuser.

Anna und ihr Vater sind wie vom Erdboden verschluckt. So als wohnten die beiden überhaupt nicht auf der Insel.

Anna

MIT ANNAS TRETMASCHINE zur Beleuchtung des Schlangenlochs geht es, offen gestanden, eher schleppend voran. Die Pedale sitzen im Verhältnis zu den Füßen an der falschen Stelle, und irgendwas stimmt mit einem der Zahnräder nicht. Die Teile, die eigentlich ineinandergreifen sollten, tun das exakt eine halbe Umdrehung lang, dann springen sie jedes Mal wieder heraus. Den Blick aufmerksam auf die Zähnchen geheftet, dreht Anna langsam an den Pedalen und wieder zurück. Und da entdeckt sie den Übeltäter. Ein kleines Stück Metall, das an einem der Zahnräder entlangscheuert und es so quasi nach links zur Seite schubst. Es sitzt fest, sie wird es vermutlich gewaltsam entfernen müssen. Sie hebt den Kopf, um nach dem Meißel Ausschau zu halten, und in dem Moment entdeckt sie Louise.

Sie geht hinter den Bäumen entlang, in Richtung des nördlichen Fähranlegers. Anna reckt den Hals, um sie zwischen den Zweigen besser beobachten zu können. Ja, das ist sie, definitiv! Das erkennt sie an der besonderen Art ihrer Bewegungen, an der Haltung der Schultern, und wie sie einen Fuß vor den anderen setzt. Sie trägt ein hellblaues Top und kurze Shorts. Vor ihr geht ihre Mutter, blond und braun gebrannt, als hätte man sie geradewegs aus Hollywood importiert.

Annas Blick folgt den beiden wie ein Sonnenstrahl, der sich seinen Weg durchs Blattwerk bahnt. Als der hellblaue

Farbtupfen hinter dem Berg verschwindet, verlagert sie ihren Standort, damit sie die beiden noch etwas länger beobachten kann.

«Was ist?», will ihr Vater wissen.

Er hat die Axt herausgeholt und zerhackt die Überreste der Fichte, die sie im letzten Jahr gefällt haben. Was der Genesung seines Rückens zwar völlig zuwiderläuft, aber schließlich brauchen sie Feuerholz.

«Ist da ein Reh?», fragt er weiter.

«Da ...», setzt Anna an und verlagert noch einmal ihre Position. «Da war nur irgend ... so ein ...»

Ohne zu wissen, was sie eigentlich genau vorhat, schlittert sie den felsigen Abhang hinab, klettert über einen umgestürzten Baumstamm und springt über den Graben. Als sie den hellblauen Rücken wieder sieht, macht sie langsamer. Hält sich etwas weiter rechts, bei den Bäumen, und folgt den beiden mit einigem Abstand.

Louises Mutter trabt voran, zuerst bergauf und dann wieder runter zum alten Dampfschiffanleger, mit Louise im Schlepptau. Als sie am Anleger vorüberkommen, kreischt sie plötzlich lauthals auf und fuchtelt wie verrückt mit den Armen. Anna schnappt das Wort «Schlange» auf, der Rest ist auf die Entfernung unverständlich. Anna muss über den Anblick schmunzeln, wie Louise vollkommen still neben ihrer zappelnden Mutter steht. Ihr war schon auf der Fähre aufgefallen, dass Louise etwas Stilles in sich trägt. Überhaupt meinte sie, alles Mögliche an ihr wahrzunehmen, aber das meiste davon ist vermutlich Einbildung.

Beispielsweise hatte sie sich vorgestellt, dass Louise sicher gerne schnitzt. Aber das muss definitiv ihrer Phantasie entsprungen sein, solche Modetussis schnitzen nie. Aber als sie gesehen hatte, wie sachte und kontrolliert Louise die Ruder durchzieht, eben genau richtig, da war ihr der Gedanke gekommen, dass Louise bestimmt auch gut mit einem Messer umgehen kann. Sie wirkt nur nach außen hin so unbeholfen.

Zu den anderen Dingen, die Anna sich über Louise vorstellt, gehört, dass sie allergisch gegen Nüsse ist, gern heimlich Disneyfilme schaut und einen Spagat machen kann.

Während Louise erst bergan und dann unten am Anleger längs geht, lernt Anna ihre Beine besser kennen. Sie sind von der Sonne gebräunt und rundlicher als ihre eigenen. Sie stellt sich vor, wie sich diese beim Gehen und Stehenbleiben abwechselnd anspannen und beugen. Und wie weich die Haut in den Kniekehlen ist.

Nicht dass Anna irgendwie an Louise interessiert wäre, jedenfalls nicht so. Allerdings hat sie festgestellt, dass man nur schwer die Haut eines Mädchens betrachten kann, ohne sich dabei etwas zu denken.

Falls es überhaupt einen Menschen gibt, an dem sie tatsächlich Interesse haben könnte, dann wäre das Pink.

Am Lindbacken trifft sie auf Bo mit ihrem Hund. Was zur Folge hat, dass sie Louise nicht länger folgen kann und zudem den Anschein erwecken muss, sie würde anderen Dingen nachgehen, als Nachbarstöchtern auf der Insel hinterherzuspionieren. Das könnte sonst für schlechte Stimmung sorgen.

«Ach, hallo», sagt Bo, was wohl bedeutet, dass sie Annas

Namen vergessen hat. «Stromerst du ein bisschen auf der Insel herum?»

«Hallo», erwidert Anna leise, damit man es nicht bis zu Louise hört. «Hallo Micky», begrüßt sie den Hund.

Micky wedelt mit dem Schwanz, allerdings mehr wegen des Stocks in Bos Hand als wegen Anna.

«Bleibt ihr noch ein paar Tage hier?», erkundigt sich Bo. «Ich hätte da so ein kleines Problem mit meinem Boot.»

«Ich kann Papa Bescheid sagen.»

Ein gutes Stück weiter vorne biegen Louise und ihre Mutter nach links ab.

«Es startet zwar, aber immer erst nach einer halben Ewigkeit», fährt Bo fort.

«Das kann er bestimmt reparieren. Ich rede mit ihm.»

Anna muss die Abkürzung durch den Wald nehmen, um Louise und ihre Mutter wieder einzuholen. Sie erspäht Louises hellblaues Top genau in dem Moment zwischen den Bäumen wieder, als die beiden durch das Gartentor auf ihr Grundstück treten.

Das weiße Törchen wird mit einer Metallvorrichtung arretiert. Ein Schloss oder dergleichen gibt es nicht. Der Riegel signalisiert dennoch, dass man hier nicht willkommen ist.

Sie hat aber auch überhaupt nicht vor, durch dieses Gartentor zu treten, nie im Leben. Und sie wird Louise ganz bestimmt nicht rufen. Doch sie verspürt das Bedürfnis, sie noch ein klein wenig zu beobachten, darum sucht sie sich eine knorrige Eiche mit vielen Ästen. Die untersten dick wie ihr Vater, die oberen schlank wie ihr Arm.

Der Stamm ist rau und furchig, doch sie weiß mit den Füßen Halt zu finden. Sie klettert so weit hinauf, bis ihr das Laub der Baumkrone ausreichend Deckung verschafft, und späht durch die flatternden, glänzenden Blätter nach unten.

Das Haus, in dem Louise wohnt, ist der reinste Palast.
  Das gigantische Grundstück, auf dem es steht, erinnert mit seinem getrimmten Rasen an einen Golfplatz. Ein Plattenweg mit in die Rabatten eingelassener Beleuchtung führt bis direkt ans Wasser hinab. Der Eingang wird von ein paar zurechtgestutzten und nicht näher definierbaren Bäumen flankiert. Etwas weiter vom Haus entfernt stehen gewöhnliche Apfelbäume.
  Auf der Vorderseite des Hauses befindet sich eine riesige Veranda, mit Säulen rechts und links der Tür. Und an seiner Schmalseite gibt es noch eine weitere, jedoch überdachte Terrasse mit einer Art Hängestuhl.
  Terrassen, pflegt ihr Vater mit einem Schnauben zu sagen. Terrassen sind was für Leute, die nach draußen treten wollen, ohne aus Versehen in die Natur zu geraten. Aber manchmal redet er selbst davon, vor ihrer Treppe Holzroste zu verlegen.
  Damit der Zugang zu frischer Luft aber auch hundertprozentig gesichert ist, gehen seitlich vom Haus und von dem großen Fenster vorne zwei Balkone ab. Anna blinzelt ins Gegenlicht und versucht, auf den Balkontischen irgendwelchen Mädchenkram auszumachen, oder Louise hinter einer der Gardinen.
  Vielleicht ist sie zu sehr auf ihre Beobachtungen konzentriert, sodass sie die Jungs zunächst nicht bemerkt.

Sie kommen von hinten, vom Weg her. Als Anna sie schließlich registriert, sind sie schon ganz nah, nur noch wenige Meter von ihr entfernt. Anna macht sich unsichtbar. Sie kann sich regelrecht von außen sehen, wie sie dort auf ihrem Ast kauert, die Nase dem weißen Palast zugewandt.

«Bitte», fleht sie zwischen den Zähnen hindurch. «Lass sie mich nicht entdecken. Lass sie mich bitte nicht entdecken.»

Wer auch immer für ihre Gebete zuständig ist, dieses Mal wird sie erhört. Die beiden Jungen machen lachend ihre Scherze und schenken den Bäumen über sich nicht die geringste Beachtung. Sie schleppen Rucksäcke und Wasserskier, tragen Badeshorts, Polohemden und halblange Haare. Hinter ihnen kommt Louises Vater mit einem Rollkoffer.

Der größere der beiden Jungs öffnet das Gartentor.

«Jetzt brauchen wir erst mal was zwischen die Zähne», sagt Louises Vater.

Anna kann jedes Wort verstehen. So nah sitzt sie. Sie hört sogar das Knirschen unter ihren Schuhen.

«He-he-hey!», ruft der größere Junge, nachdem sie den halben Weg zum Haus zurückgelegt haben. «Wo bleibt unser Empfangskomitee?»

Louises Mutter kommt mit ausgebreiteten Armen aus dem Haus geflogen und umarmt die beiden Jungs. Den ersten lange, den anderen etwas kürzer. Unmittelbar darauf kommt Louise. Sie umarmt den einen Jungen ebenfalls und begrüßt den anderen. In ihren Kleidern und Markenshirts stehen sie dort und plappern sich munter gegenseitig ins Wort, gehen schließlich mit flatternden

Haaren gemächlich dem Eingang entgegen. Anna rutscht von ihrem Baum.

«Nichts wie weg hier!»

Sie muss sich sowieso um dieses Metallstückchen kümmern.

Lollo

DAS FRÜHSTÜCK LÄUFT an diesem Tag schon komplett anders ab als noch gestern. Offenbar hatte ihr Vater mit seiner Prognose recht, dass im Juli nichts weiter geschieht, denn von einem Tag auf den anderen braucht er nicht mehr zu arbeiten. Er erzählt, wie er in seiner Jugend beim Segeln einmal mit seiner Optimisten-Jolle *Bettan* zu weit aufs Wasser hinausgetrieben ist und deshalb mit dem Motorboot zurückgeholt werden musste. Die eigentliche Aussage seiner Anekdote soll wohl darin bestehen, dass er ein unheimlich leidenschaftlicher Segler ist, aber so, wie er es erzählt, klingt es eher anders.

«Und was lernen wir daraus?», fragt er mit erhobenem Zeigefinger.

«Dass sich dein Repertoire an Seemannsgarn auf diese eine Episode beschränkt?», erwidert Peppe.

«Oder dass man sich vor Mädels auf Abwegen in Acht nehmen soll?», wirft Erik darauf feixend ein und entlockt Lollos Vater damit ein Lachen.

«Pass bloß auf, du!»

Lollo kennt Erik nicht. Jedenfalls nicht so gut, dass sie schon mal mit ihm gefrühstückt hätte. Aber sie hat seine Statusmeldungen auf Peppes Pinnwand bei Facebook gesehen und weiß unter anderem, dass er von Wasabi rote Flecken im Gesicht bekommt.

«Aber jetzt im Ernst», fährt Erik an Lollos Vater gerichtet fort, «ich hab schon einige Erfahrung im Wasserski, deshalb ... also, ich weiß ja nicht, ob du uns das gerade eben erzählt hast, weil du dir Sorgen machst, aber ...»

«Nee, ach was», erwidert Lollos Vater und angelt sich ein hart gekochtes Ei. «Meinetwegen können wir gern gleich heute Mittag eine Runde drehen.»

Ursprünglich war nie die Rede davon gewesen, dass Lollo auch mit von der Partie sein soll. Nicht ein einziges Mal, wenn es um die Wasserskier ging, hatte irgendjemand Lollo erwähnt. Außerdem war es ihr gerade erst geglückt, ihren Laptop mit dem Netz ihres Vaters zu verbinden, so dass sie die ganzen Fotos endlich in Normalgröße anschauen kann. Doch Erik war total entgeistert gewesen.

«Wie? Du kommst nicht mit? Aber, hör mal ... Wasserskifahren ist saucool!»

Und deshalb sitzt sie nun also im Bikini auf dem Bootssteg. Peppe und Erik ziehen sich um, wechseln zu Flattershorts und blauen Schwimmwesten. Erik ist recht normal gebaut, sonnengebräunt und geschätzt einen Meter achtzig. Peppe sieht daneben aus wie eine Bohnenstange.

«Man startet direkt im Wasser», erklärt Erik ihnen vom Rand des Bootsstegs aus.

Er hat die Skier bereits angeschnallt und überprüft die Zugleine.

«Am Anfang lehnt ihr euch leicht zurück und startet quasi aus der Hocke. Na ja, schaut mir einfach zu, dann wisst ihr schon, was ich meine.»

«Der ultimative Wasserskilehrer», zieht Peppe ihn auf. «Einfach nur zuschauen und – schwups! – sind wir alle Profis.»

Erik grinst von einem Ohr zum anderen, allerdings mehr zu Lollo als über Peppes Kommentar.

«Exakt. Also pass schön auf!»

Während Lollos Vater mit Peppe im Boot am Steuer steht, fräst Erik hinter ihnen durchs Wasser. Sieht nach einer Menge Spaß aus. Lollo kann sich den Rausch ganz gut vorstellen, die Gischt, das Tempo und das Gefühl der Kontrolle, immerhin hat sie inzwischen ein Gespür für das Wasser. Aber wahrscheinlich würde sie es nicht einmal in den Stand schaffen.

«Jetzt ist Fräulein Lollo dran», ruft Erik ihr entgegen, sowie er den Bootssteg in einem eleganten Bogen wieder erreicht.

Die Haare kleben ihm klatschnass an den Schläfen. Lollo macht ein Foto davon und schickt es samt folgendem Text an Mimmi: *Peppes Kumpel. Schleimfrisur mal anders.*

«Peppe kann gern zuerst», gibt sie zur Antwort.

«Komm schon», bohrt Erik weiter.

«Fahr wenigstens im Boot mit», unterstützt ihn Peppe.

Aber ja nur, weil er die Wasserskier selbst ausprobieren will. Sie zuckt mit den Achseln.

«Meinetwegen.»

LOL, antwortet Mimmi. Eine Sekunde später kommt schon die nächste Nachricht: *Aber mal echt heißer Typ. Wie alt?*

«Schreibt ihr über mich?», will Erik wissen und reckt sich über das Display ihres Handys.

Sie drückt schnell das Foto weg und klettert über die Bordwand ins Boot. Es ist kleiner als die Stingray, wird von allen nur «die Kleine» genannt, und ist trotzdem noch größer als das, in dem sie letzte ... oder war es schon vorletzte? ... Nacht gerudert ist.

Oder war das am Ende doch nur ein Traum?

Peppe braucht wesentlich länger, bis er sich auf den Skiern halten kann. Was Lollos These nur bestätigt, dass Wasserskifahren von außen betrachtet zwar harmlos aussehen mag, im Grunde jedoch bestens dazu geeignet ist, sich vollkommen zum Affen zu machen. Sie probieren es immer wieder, und Erik brüllt ihrem Lulatsch von einem Bruder gut gemeinte Ratschläge übers Wasser zu.

«Roll dich zusammen wie ein Fleischbällchen!»

«Stell dir vor, du sitzt in 'ner Rudermaschine!»

«Stell dir vor, du wärst der Stier Ferdinand, der sich mit den Hufen in die Sägespäne stemmt, weil er ums Verrecken nicht in die Arena will. Bloß dass die Sägespäne in deinem Fall ein abgrundtiefes Meer sind!»

Natürlich ruft er diese Dinge nur, um sie zu amüsieren. Manche seiner Tipps sind so lustig, dass sie unwillkürlich schmunzeln muss, und dann grinst er jedes Mal zurück.

«Eigentlich doch alles selbstverständlich», sagt er kopfschüttelnd zu ihr.

Es dauert einen Augenblick, bis sie begreift, wo sie sich befinden. Von daher ist Wasser eher anonym, irgendwie sieht es überall gleich aus. Aber wenn sie nach links schaut, kann sie in der Ferne das große rote Haus neben dem Felsen sehen, und daneben den Steg mit den vielen Booten. Ihre Vinga ist von hier aus nur ein großer weißer Fleck, und Pamela ein ganz kleiner. Am Bootssteg meint Lollo eine Bewegung wahrzunehmen.

«Wollen wir mal bei unserem großen Boot vorbeischauen?», fragt sie in die Runde.

Ihr Vater tritt konzentriert aufs Gas. Peppe hat es gerade geschafft, sich sage und schreibe eine Minute lang erfolgreich auf den Skiern zu halten, sogar inklusive Kurve. Lollo ändert ihre Taktik und wendet sich Erik zu.

«Wir haben nämlich auch noch ein größeres Boot, das liegt dort drüben.»

Bereitwillig folgt er ihrer zeigenden Hand mit dem Kopf. Ihr Motorboot macht ordentlich Tempo, und schon bald wird der Bootssteg hinter ihnen liegen.

«Willst du's mal sehen?», fragt sie, und er lächelt.

«Willst du denn, dass ich es sehe?»

Sie zuckt mit den Achseln und späht mit zusammengekniffenen Augen zum Bootssteg hinüber. Dort ist tatsächlich jemand. Jemand Kleines und Schmales.

«He-he-hey», ruft Erik und legt Lollos Vater eine Hand auf die Schulter. «Fräulein Lollo würde mir gern euer anderes Boot zeigen. Ob sich das wohl einrichten lässt, sobald wir deinen Sohn wieder aus dem Wasser gefischt haben?»

Je näher sie kommen, umso deutlicher ist die schmale Gestalt auf dem Steg zu erkennen. Es ist tatsächlich Anna, mit ihren zerzausten Haaren und den sehnigen Armen. Sie war also doch kein Traum. Sie kommt ihr fast realer vor als sie selbst.

Sie legen an dem benachbarten Badesteg an. Ihr Vater wirft Erik das Seil zu, der zurrt es um einen der Poller. Fast genauso gewissenhaft wie Anna. Lollo greift nach der warmen Hand, die ihr Vater ihr helfend entgegenstreckt, und lässt sich von ihm auf den Steg geleiten.

«Was für ein herrliches Wetter!», ruft er aus. «Meint ihr, das Wasser hat schon Badetemperatur?»

Lollo schaut nicht zu den Booten hinüber. Das ist überhaupt nicht notwendig. Sie weiß auch so, dass sich an Liegeplatz 16 etwas regt, dass dort ein gebeugter Rücken und ein Paar Hände mit Dingen beschäftigt sind, mit denen sich nur erfahrene Bootsleute auskennen. Eine sommersprossige Nase, die aber wohl nicht in ihre Richtung zeigt, und ein Mund, der des Nachts zu ihr gesagt hat: «Ich mag Mädchen irgendwie lieber.» Zwei konzentrierte Augenbrauen.

Sie weiß selbst nicht so recht, warum sie die Schwimmweste auszieht und sich im Bikini in die Sonne setzt.

Weil es warm ist, klar, und weil ihr Vater gern mit ihnen baden möchte.

Aber warum sie sich nun ausgerechnet so positioniert, mit einem angewinkelten Bein, auf einen Arm aufgestützt und den Rücken fast im Hohlkreuz. Wie man normalerweise eben nicht sitzt.

Als sie einen verstohlenen Blick auf ihren Bikini wirft, offenbart sich ihr ein perfektes Dekolleté. Das wiederum ist der Vorteil, wenn man keine Modelmaße besitzt. Ihre Haut ist gleichmäßig von der Sonne gebräunt, und der Kontrast zu ihrem weißen Bikini verursacht ihr ein nervöses Kribbeln im Körper.

Sie meint, den interessierten Blick von Liegeplatz 16 förmlich zu spüren. Wie er über ihre Arme und Taille zu ihren Schenkeln wandert, wie eine Berührung in der Phantasie. In Annas Phantasie, versteht sich. Nicht dass Lollo das irgendwie interessieren würde, doch sie drückt den

Rücken trotzdem noch ein Stückchen weiter durch, damit der Bauch verschwindet und ihre Brüste besser zur Geltung kommen.

«Arschbombe!», jauchzt Erik und kracht in das algengrüne Wasser.

Durch das Wirrwarr aus Abertausenden von Wassertropfen wagt Lollo einen Blick zum Bootssteg. Ist ja nichts Schlimmes bei, interessiert sie ja sowieso nicht. Sollten sich ihre Blicke begegnen, hat das nicht das Geringste zu bedeuten, und das Kribbeln auf ihrer Haut kommt ganz bestimmt von der Sonne.

Anna ist weg.

Anna

HABEN DIE NICHT ihren eigenen Badesteg?

Als Anna auf dem Boot Louise erkennt, schlägt ihr das Herz einmal bis zum Hals, doch schon beim nächsten Herzschlag denkt sie: Die haben doch ihre eigenen Badeplätze, wo sie ungeniert herumkrakeelen und sich wie die Herrscher der Welt aufführen können. Sollen die Herren mit Haarimplantat die Arme doch bitte dort hinterm Kopf verschränken. Und diese Jungs in Markenshorts dürfen ihre johlenden Köpfer gern ebenfalls woanders machen und dort vor kurvigen Schickimicki-Tussis mit ihren aufgepumpten Muckis spielen.

Als Louise sich auf dem Steg auch noch der Länge nach ausstreckt, ist das Maß endgültig voll. Selbst von ihrem Boot aus kann Anna erkennen, wie der eine Junge völlig hingerissen auf Louises Hintern starrt und im Gegenzug einen skeptischen Blick von ihrem Vater erntet.

Was heute dort an diesem Strand geschieht, hat nicht das Geringste mit Anna zu tun, was umgekehrt aber auch für Anna gilt. Der Strand und sie, das sind zwei parallele Welten.

Sie kann also genauso gut nach Hause gehen. Über ihrem Kopf schreit ein Specht seinen Kummer in die Welt, was sie als Zuspruch auffasst. Als sie losgegangen war, wollte ihr Vater gerade mit der Reparatur des Daches anfangen, und wenn er damit fertig ist, wird er hungrig sein. Vielleicht macht er sich sogar schon etwas Sorgen. Schließlich wollte sie nur schnell die Angelrute wegbringen.

Ein Stückchen weiter oben am Hang fällt ihr Blick im Gestrüpp auf eine Schlange. Jedenfalls hält sie es für eine und bleibt deshalb stehen. Aber auf ihr Lockgeräusch hin, auf das eine Schlange sowieso nie im Leben reagieren würde, rührt sich diese kein Stück. War doch nur eine Kiefernwurzel.

Amüsiert will sie gerade etwas zu sich selber sagen, als sie hinter sich einen Zweig knacken hört. Sie wirbelt herum, jedoch nicht aus Angst, sondern weil sie stets auf alles gefasst ist.

Allerdings nicht auf das hier.

Louise trägt lediglich einen Bikini, Flipflops und ein Badelaken um die Schultern. Sie atmet schwer, aber nicht, als ob sie gerannt wäre. Wie lange ist sie Anna schon gefolgt? Und was tut man, wenn man auf Flipflops verfolgt wird? Für einen kurzen Augenblick ist Anna völlig perplex.

«Hi», sagt sie schließlich.

Louise stößt ein kurzes Lachen aus.

«Hallo.»

«Vorsicht, Schlange», sagt Anna und deutet auf die Wurzel.

Louise erstarrt, ihr Blick wird fokussierter, mehr jedoch nicht. Anna macht eine kaum merkliche Bewegung mit dem Arm.

«Keine Angst, ist bloß 'ne Wurzel.»

Der Witz war grottenschlecht, doch Louise lächelt trotzdem. Dann stehen sie sich wieder genauso ratlos gegenüber.

Über ihren Köpfen stößt der Specht seinen bislang längsten Schrei aus, und durch die Espen geht ein Rauschen. Als wolle der Wald auf seine Art kundtun, dass an einer seiner Kiefernwurzeln gerade ein ganz spezielles Zusammentreffen stattfindet. Anna überlegt, ob Louise es ebenfalls spüren kann.

«Und, wie ist's gelaufen?»

Louises Stimme hat, wie überhaupt alles an ihr, etwas Eigenartiges und zugleich aber auch total Nettes.

«Sind dir noch ein paar Fische ins Netz gegangen?»

«Ja, sechs», erwidert Anna.

Das Wort schallt durch den Wald, als hätte sie nicht sechs, sondern Sex gesagt, und sie läuft knallrot an.

«Fünf Barsche und eine Brasse», präzisiert sie. «Wir haben sie uns zum Mittagessen und zu Abend gemacht.»

«Gegrillt? Wie nach dem Untergang der Zivilisation?»

Anna muss grinsen.

«Dachse hab ich jedenfalls noch keine geschoren.»

Louise lacht. Man könnte auf die Idee verfallen, ihr Lachen als schüchtern zu bezeichnen, ist es aber nicht. Es ist bloß verhalten, genau wie ihr Gang. Anna würde es am liebsten in sich aufsaugen, wieder freilassen und weithin widerhallen hören.

«Ich hab noch mal nachgedacht», sagt Louise. «Wenn du es schaffst, einen Dachs zu scheren, verspreche ich, dass ich die Klamotten auch anziehe.»

«Falls ich es tatsächlich schaffe, nah genug an einen ranzukommen …», setzt Anna zu einer Antwort an, aber dann fällt ihr kein passender Schluss dazu ein. «Hat das Wasserskifahren Spaß gemacht?»

Louises Augen nach zu urteilen, hätte sie lieber weiter

über Dachse reden sollen. Louise zuckt mit den Achseln, mit einem Mal ist ihr Blick leer.

«Ich bin selbst nicht gefahren, nur die anderen.»

«Haben sie dich nicht fahren lassen?»

«Ich wollte nicht.»

Das kann Anna nicht verstehen. Anna kann eine ganze Menge verstehen, aber nicht, wieso man freiwillig aufs Wasserskifahren verzichtet.

«Aber ... warum denn nicht?»

Louise zuckt erneut mit den Achseln. Die Bewegung steht den meisten Menschen nicht, aber durch ihre gekrümmte und leicht nach vorn gebeugte Körperhaltung wirkt sie bei ihr irgendwie geduckt und lässig zugleich. Außerdem scheint sie zu frieren. Anna fallen die kleinen Hubbel auf ihren Armen auf. Im Wald ist der Bikini wohl doch etwas kühl. Anna will das gerade kommentieren, als Louise doch noch antwortet.

«Ich will keine bescheuerte Figur abgeben. Wenn ich es nicht kann.»

Anna wägt die Logik ihrer Argumentation ab. Sie klingt einleuchtend und weist zugleich eine eklatante Schwachstelle auf.

«Aber man kann's doch eigentlich nie», wendet sie ein. «Da würde man doch ... also da müsste man ja sein Leben lang Angst davor haben, eine bescheuerte Figur abzugeben.»

Louise begegnet ihrem Blick, und im selben Moment hören die Espen auf zu rascheln. Es ist offensichtlich, dass sie gleich etwas antworten wird, und mit dieser Antwort zugleich einen kleinen Teil von sich selbst preisgeben. Doch da schallt plötzlich ein anderer Ruf durch die Blaubeersträucher als der des Spechts. Eine Männerstimme brüllt lauthals «Lollo», und Louise zuckt zusammen. Sie dreht sich in Richtung Strand um.

«Ich komme!», schreit sie zurück.

Und zu Anna gewandt, sagt sie: «Also, bis dann.»

Auf dem Heimweg versucht Anna, aus der Begegnung schlau zu werden. Wie sie es auch dreht und wendet, Louise hat die beiden Jungs und ihren Vater stehengelassen und ist ihr hier hoch in den Wald gefolgt, noch dazu in Flipflops. So etwas tut man doch normalerweise nicht, wenn man bloß ein bisschen über Fisch plaudern möchte.

Weiter kommt sie in ihren Überlegungen nicht. Und fragen kann sie auch niemanden. Ihren Vater, klar, aber der kennt sich bloß in Fragen zu Bootsmotoren oder dem Trangia-Kocher aus. Und Vögel sind erbärmliche Beziehungsberater.

Nicht einmal ihre Mutter war in Gefühlsdingen eine sonderlich große Hilfe. *Nicht lange überlegen, leben!*, lautete ihre Devise. Und das sagte sie immer in ihrem breitesten Stockholmer Dialekt, so dass sich die Wörter *leben* und *überlegen* aufeinander reimten. Dann ist sie dummerweise gestorben.

Überall dort im Paradies, wo keine Bäume den Weg verstellen, ergießt sich das Sonnenlicht über hohe Farne und Gräser. In der Mitte befindet sich ein Grillplatz, den sie letztes Jahr angelegt und mit einem Steinkreis befestigt haben. Im Gegensatz zur Hölle mit dem ganzen Schrott ist es hier sommerlich und richtig schön. Nur wenige Meter trennen das Hübsche vom Hässlichen.

Ihr Vater sitzt in einem Klappstuhl neben dem Grillplatz. Er hat Fleischwurst gegrillt und dazu ein Bier geöffnet.

«Wurst?»

Anna holt sich einen Teller, legt eine Scheibe Brot dazu und hat somit quasi einen Hot Dog. Er schmeckt zwar nicht gerade himmlisch, aber doch ganz okay.

«Hast du das Dach schon geflickt?»

Ihr Vater nickt zufrieden. Er trinkt den letzten Schluck aus seiner Dose und öffnet im selben Zug gleich die nächste.

«So gut wie.»

Lollo

AUF DEM WEG ZURÜCK zum Steg und zum Gebrüll ihres Vaters hat sie sich einen Splitter im Fuß geholt. Einen kleinen lila Blaubeerfleck unter der Ferse, etliche helle Schrammen vom Gestrüpp und diesen einen Splitter eben, der nun aus irgendeinem nicht ersichtlichen Grund ins Zentrum der Dinge gerückt ist.

«Was zur Hölle hattest du im Wald verloren?», will ihr Vater von ihr wissen, als er ihre Ferse nach oben abwinkelt.

Während er versucht, den Splitter wie einen Pickel auszudrücken, mustert Erik voller Interesse ihren Fuß. Peppe stöhnt.

«Ich dachte, wir wollten das Boot ausprobieren?»

Erik blickt entrüstet auf.

«Was, jetzt? Deine Schwester hat einen Splitter in der Ferse, und du … willst Fersengeld geben?»

Lollo verzieht den Mund zu einem halbherzigen Lächeln.

«Wir können das Boot ruhig testen, ich werde später Mama bitten, mir den Splitter rauszuziehen», mischt sie sich ein. «Ihr mit euren klobigen Fingern könnt hier sowieso nichts ausrichten.»

Erik tut, als würde er seine Hände betrachten.

«Aber du weißt schon, was über Männer mit großen Händen gesagt wird …», setzt er an, bevor Lollos Vater ihn mit einem finsteren Blick unterbricht.

«Dann wollen wir das Boot doch mal mit auf eine

kleine Spritztour nehmen, wenn dein Fuß das zulässt, Loppan.»

Ihr Vater verteilt die Schwimmwesten. Lollo versucht, sich das Brennen im Fuß nicht anmerken zu lassen. Anna hätte das auch nicht getan.

«Dass sie große Handschuhe tragen», flüstert Erik ihr zu, als er an ihr vorbei an Bord springt.

Sie brettern mit dem schwimmenden Hotelzimmer auf die Bucht hinaus. Erik findet das Boot «recht schick», merkt jedoch an, dass seine Familie ein ganz ähnliches besitze, allerdings mit einer Wetbar im Cockpit. Lollos Vater macht seiner Unzufriedenheit über Eriks mäßige Begeisterung Luft, indem er demonstrativ aufs Gas drückt.

Lollo lehnt sich zurück und schließt die Augen. Unter ihr pflügt das Boot durchs Wasser, und sie spürt, wie ihr die Geschwindigkeit Vibrationen durch den Rücken jagt. Ganz egal, wie die Wellen kreuzen, sie werden von Vingas stromlinienförmigem Bug kaum merklich gebrochen.

Sie vergleicht es mit dem Gefühl, in einem Ruderboot zu sitzen, die Füße nur wenige Zentimeter vom Meer entfernt und der Schwerpunkt genau in der Mitte, damit man nicht kippt. Wie es ist, so ein Boot zu rudern und den Strömungen im Wasser mit ihren Ruderblättern zu begegnen.

Es ist, als befände sie sich nicht einmal auf demselben Wasser.

Schlagartig wird ihr bewusst, dass sie sich sehr wohl auf demselben Wasser befindet. Die Felsen und die Fichten an Land, es sind genau dieselben, die sie auch sehen konnte, als sie mitten im Sonnenuntergang saß. Die Landzunge, auf die Anna mit den Worten gedeutet hatte: «Wenn man diese Landzunge dort sieht und gleichzeitig den Felsen da drüben, darf man nicht näher heranfahren.» Doch Lollos Vater fährt näher heran.

Für einen Augenblick ist Lollo wie gelähmt. Sie sieht die Untiefe immer näher und näher auf sie zukommen, oder zumindest die Stelle, an der sie sie vermutet, doch sie greift nicht ein. Schließlich steht ihr Vater am Steuer, scheint ihr Hirn zu denken. Er wird schon wissen, was er tut. Sie muss ihren Kopf gehörig durchschütteln, damit sie kapiert: Das tut er nicht im Entferntesten.

«Papa, dreh um!»

Er wendet ihr halb den Kopf zu.

«Was sagst du, Liebes?»

«Da vorne ist eine Untiefe!»

«Aha ... und wie kommst du darauf?»

«Ich hab's einfach im Gefühl.»

Ihr Vater schüttelt lachend den Kopf.

«Seichte Stellen werden grundsätzlich gekennzeichnet», erwidert er, «damit man nicht in sie hineinfährt. Wirst schon sehen ... hoppla!»

Zeitgleich mit seinem *Hoppla!* ertönt ein kräftiges Schrappen, und das Boot wird nach oben gerissen. Der Bug schlägt mit einem lauten Klatschen auf dem Wasser auf, und der Motor verstummt.

«Scheiße», sagt Lollos Vater.

«Was war denn das?», fragt Peppe.

«Peppe oder Erik», fährt ihr Vater fort, «einer von euch beiden muss mal runtertauchen und nachsehen, ob die Schraube noch intakt ist.»

«Aber was war das denn?», fragt Peppe noch einmal.

Lollo sagt nichts, wirft ihrem Vater jedoch einen verstohlenen Blick zu. Er schaut nicht zurück.

«Eine seichte Stelle», murmelt er. «Erik, tauchst du runter? Peppe weiß vermutlich gar nicht, wie eine intakte Schraube aussehen muss.»

Ihr Vater wüsste höchstwahrscheinlich auch nicht, woran man eine intakte Schraube erkennt. Er googelt «auf Grund laufen» auf seinem iPad. Erik springt ins Wasser und bleibt schaukelnd darauf liegen. Peppe biegt sich vor Lachen.

«Man sollte eigentlich annehmen, ein Seebär wie du denkt daran, seine Schwimmweste vorher auszuziehen!»

Lollo beobachtet die Szene schweigend. Ihren Vater, der mit dem Zeigefinger über sein Tablet wischt. Erik, der in seiner blauen Schwimmweste auf dem Wasser dümpelt. Und Peppe, der aus dem Grinsen gar nicht mehr rauskommt.

Was für peinliche Trottel.

Anna

ANNA IST EINE Lebensretterin. Sie hat die Augen eines Falken und die Muskeln eines Gladiators. Von ihrem Ausguck erspäht sie das Schiff in Not und zögert nicht eine Sekunde. In drei Sätzen ist sie an ihrem Rettungsboot und jagt in einem weiten Bogen übers Meer auf die Schiffbrüchigen zu: drei Männer und eine junge Frau.

Einer der Männer treibt auf dem Wasser. Sie zieht ihn mit der linken Hand heraus und fährt näher an das Boot heran. Wie töricht, auf unbekannten Gewässern mit so tückischem Grund herumzuschippern! Sie wirft den Männern an Deck ein Schlauchboot zu und streckt der jungen Frau die Hand entgegen. «Meine Rettung!», ruft diese aus. Und die Männer weinen vor Erleichterung.

Ungefähr so spielt sich das Szenario in Annas Phantasie ab. In Wirklichkeit beobachtet sie das Boot lediglich, erst wie es auf die Untiefe zurast, und dann, als es knallt. Unmittelbar darauf schaltet der Vater den Motor ab, und der nervigere der beiden Jungs springt mitsamt seiner Schwimmweste ins Wasser. So jedenfalls sieht es von ihrem Posten hoch oben im Baum aus.

Sie schaut den vieren noch so lange zu, bis der Schwimmwestenjunge zurück an Bord ist und sich das Boot wieder in Bewegung setzt.

Hätten sie tatsächlich dort draußen festgesessen, wäre sie runter zu Pamela gerannt.

Sie klettert von ihrem Baum herunter. Die Birke hatte bereits dort gestanden, bevor der Wald allmählich dichter wurde. Ganz zuoberst hat sie ihren Namen eingeritzt.

In ihrem Brustkorb macht sich ein unbestimmtes Gefühl bemerkbar. So als wolle ihr Körper sie hartnäckig an etwas erinnern, etwas, das sie dringend erledigen muss. Oder als wäre sie wütend. Oder glücklich.

«Papa!», ruft sie, muss jedoch ein wenig nach ihm suchen.

Er hockt hinter dem Haus und starrt konzentriert auf dessen Rückwand.

«Komm mal her», sagt er. «Siehst du da irgendwo ein Loch?»

Sie geht näher heran.

«Was denn für ein Loch?»

«Ich finde dieses verdammte Loch nicht! Aber diese Biester können sich ja quasi überall durchquetschen. Acht Millimeter reichen da schon völlig aus.»

«Von wem redest du?»

«Was wirfst du dir vor dem Schlafengehen eigentlich ein? Valium? Sag bloß, du hast die Ratte heute Nacht nicht gehört.»

«Nö.»

«Aber hallo! Das klang nach einem richtig fetten Vieh. Kannst du da unten irgendwas erkennen?»

Anna geht in die Hocke und sucht die Bretterwand ab. Eine Ecke wurde teilweise von Ameisen zerfressen, doch die haben sie bereits mit Insektizid eingesprüht, und keines der Löcher wäre groß genug für eine Ratte.

«Du hast halluziniert», sagt sie mit einem schiefen Blick auf ihren Vater, der schallend lacht.

«Ja genau, was waren das eigentlich für Pilze im Essen?»

Anna stochert mit einem kleinen Stock in einem Schlitz zwischen den Brettern herum. Sie schließen nicht hundertprozentig gerade ab. Eine winzige Maus könnte sich dort bestimmt problemlos hindurchzwängen.

«Papa», sagt sie noch einmal. «Diese Leute da mit der Stingray – »

Ihr Vater grunzt und pult mit seinem dicken Zeigefinger in der von Ameisen zerfressenen Stelle.

«Peter Scheele.»

«Woher weißt du, wie er heißt?»

Anna ist total perplex. Ihre Begegnung ist gerade mal zwei Tage her, und sie kann sich nicht erinnern, dass die Familie sich ihnen vorgestellt hat. Ihr Vater steht auf und streckt mit einer Grimasse den Rücken durch.

«Man will schließlich wissen, mit wem man hier Tür an Tür wohnt. Was ist mit denen?»

Anna zuckt mit den Achseln, genau wie Louise. Sie hatte bloß ihren Namen herausfinden wollen.

«Das ist aber keine Antwort», erwidert ihr Vater, «das ist ein Tanz.»

Zum Beweis lässt er seine Schultern auf ziemlich originelle Weise auf und ab tanzen.

«Was ist denn nun mit diesen Scheeles?»

«Ihr Boot ist gerade in der Hästviken auf Grund gelaufen.»

Luise, Louize, Louice, grübelt Anna, während ihr Vater zu seinem Klappstuhl zurückkehrt. Wie schreibt man den Namen eigentlich? Vielleicht reicht es ja, wenn sie ein einfaches L darauf schreibt, aber wenn sie Pech hat, heißt ihr

Bruder Lars oder ihre Mutter Linda, und es muss schon eindeutig an sie adressiert sein.

Schließlich entscheidet sie sich für Luise. Wie man ihren Nachnamen schreibt, muss sie später in Erfahrung bringen.

Auf die Rückseite des Zettels schreibt sie mit Bleistift ihre Nachricht. Dann faltet sie ihn zusammen und versiegelt ihn sorgfältig mit silbernem Klebeband. Noch achtzehn Stunden, bis das Postschiff kommt.

Allerdings nicht zu ihr und ihrem Vater. Ihre Reklamesendungen und Rechnungen stapeln sich kontinuierlich auf ihrer Fußmatte zu Hause in Rågsved.

Die ganzen Bonzen jedoch lassen sich ihr *Svenska Dagbladet* hierher nachschicken. In Folie verpackt, und mit Namen auf dem Adressaufkleber.

Lollo

«WOLLT IHR MAL was Ulkiges hören?», beginnt Lollos Vater.

Spricht jedoch erst weiter, als er sich ihrer aller Aufmerksamkeit sicher ist. Und das dauert: Lollos Mutter bereitet sich gerade eins ihrer superspeziellen LCHF-Omelettes zu, Peppe und Erik streiten sich über die Aussprache des Wortes «Engagement», und Lollo treibt sich auf Instagram rum.

«Jetzt sag schon», verlangt ihre Mutter endlich, «was genau ist denn so ulkig, Peter?»

«Na ja, es ist ein bisschen ... kurios, aber heute ist mit der Zeitung auch ein Brief gekommen. An Loppan.»

Lollo blickt auf.

«Was, wo?»

«Ohne Briefmarke», fügt er hinzu.

Er hält ein völlig mit Klebeband zugekleistertes Stück Papier mit ihrem Namen hoch. Jetzt kapiert sie gar nichts mehr. Sie starrt das kleine Päckchen erst verständnislos an, dann reißt sie es blitzschnell an sich.

«Ohne Briefmarke?», wiederholt ihre Mutter wie ein Echo. «Wen kennst du denn hier auf der Insel?»

Inzwischen sind alle Blicke am Tisch interessiert auf Lollo gerichtet.

«Bestimmt von ihrem Insel-Lover», wirft Erik ein, was zwar nicht stimmt, sie aber trotzdem rot werden lässt.

Sie kapiert noch immer nichts.

«Hat man hier eigentlich überhaupt keine Privatsphäre?», faucht sie und verlässt den Tisch und die bohrenden Blicke der anderen.

Sie nimmt den Brief mit auf ihr Zimmer und setzt sich auf ihr Bett. Pult an dem dicken Klebeband, und als sie es nicht abbekommt, beginnt sie daran zu zerren. Es wurde mehrere Male fest herumgewickelt, und schließlich muss sie sogar zur Schere greifen. Gespannt faltet sie den Zettel auf.
Die Handschrift ist geschwungen und unregelmäßig. Nur ein einziger, mit Bleistift geschriebener Satz.

Hab dir doch gesagt, da ist eine Untiefe.

Lollo muss beim Lesen kichern. Sie kann Anna regelrecht vor sich sehen, wie sie die Worte mühsam zu Papier bringt. Nur diesen einen Satz. Lollo liest ihn noch einmal und muss lachen.
Anna hat sie gesehen.
Was sie allerdings nicht weiß, ist, dass Lollo ihren Vater vor der Untiefe gewarnt hat. Wahrscheinlich denkt sie, Lollo hätte nur wie das letzte Dummchen auf dem Boot gehockt, ohne mitzubekommen, wohin sie fahren. Der Gedanke lässt ihr Lachen augenblicklich verstummen. Sie kramt einen Stift und Briefpapier heraus.

Ich hab meinen Vater ja gewarnt, aber er wollte nicht auf mich hören. Mit einer Horde Trottel auf einem Boot zu sitzen, ist echt eine Herausforderung.

Danach fällt ihr nichts mehr ein, was sie noch schreiben könnte. Eine Frage vielleicht, ein *Wie geht's dir?*, oder: *Was machst du so?*, damit auch wieder eine Antwort kommt. Oder besser noch irgendwas über die Untiefe oder das Wasser. Ihr will einfach nichts Gutes mehr einfallen, bis sie am Ende doch noch schreibt:

Hast du übrigens noch mal einen guten Fang gemacht?

Sie legt Annas Brief unter ihre Matratze. Ihren eigenen faltet sie zusammen und stopft ihn sich in die Hosentasche. Dann geht sie wieder hinunter in die Küche, um sich ihre noch ausstehende Anerkennung abzuholen.

Die ganze Mannschaft ist noch um den Küchentisch versammelt.

«Kurz bevor wir auf Grund gelaufen sind –», setzt Lollo an.

Ihre Mutter hebt die Augenbrauen.

«Ihr seid auf Grund gelaufen?»

Lollos Vater lacht auf.

«Nicht direkt auf Grund», beschwichtigt er. «Das klingt jetzt ein bisschen sehr dramatisch. Nein, wir haben bloß so eine kleine ... unbedeutende Sandbank gerammt. So was passiert ständig, die werden schließlich nicht alle auf Seekarten verzeichnet.»

«Ach ja?»

Lollo findet, das Gespräch nimmt gerade eine völlig falsche Wendung.

«Egal, kurz davor jedenfalls, erinnerst du dich noch, was ich da gesagt habe?»

«Jetzt mal langsam», meldet sich ihre Mutter wieder zu

Wort. «Was ist denn nun genau passiert? Ist das Boot beschädigt?»

Mit einem Mal ist ihr Vater ganz erpicht darauf, Lollos Frage zu beantworten.

«Nee, was hattest du da noch gleich gesagt, Loppan?»

«Hallooo? Dass es dort eine Untiefe gibt, vielleicht!»

«Ist das Boot beschädigt?», insistiert ihre Mutter.

«Stimmt, jetzt wo du's sagst. Das hattest du tatsächlich erwähnt! Von wem wusstest du das?»

«Von niemandem. Ich hatte eben einen guten Riecher.»

«IST DAS BOOT OKAY?»

«Ja, Bibs, das Boot ist okay. Einen guten Riecher, ja? Für den Meeresgrund? Was du nicht sagst.»

«Hast du den Brief schon aufgemacht?»

Das ist Peppe, der sich da zu Wort meldet. Erik schaut dem Spektakel interessiert zu. Sie hat ihn erst vor einem Tag kennengelernt, und trotzdem meint sie, sein Grinsen schon seit Jahren zu kennen.

«Der war von Sofie», erwidert sie.

Beinahe hätte sie Mimmi gesagt, aber ihre Mutter weiß, dass Mimmi in Norwegen ist.

«So ganz ohne Briefmarke, ja?», entgegnet Peppe.

«Sie hat ihn direkt am Postschiff abgegeben. Das geht», antwortet sie in der Hoffnung, dass man das tatsächlich kann.

«Und Sofie kann also deinen Namen nicht richtig schreiben?»

«Sofie klebt ihren Brief mit Gaffer-Tape zu und schickt ihn dir mit dem Postschiff?»

«Mit einem Rechtschreibfehler in deinem Namen?»

Anscheinend hat hier niemand etwas Besseres zu tun,

als Lollo mit tausend Fragen zu bombardieren. Die Küche, mit ihren Holzpaneelen und all den getrockneten Rosen an der Wand, soll vermutlich Harmonie ausstrahlen, allerdings spürt sie davon wenig. Noch eine Frage, und sie wird jede verdammte getrocknete Blume in diesem Raum eigenhändig zu Pulver verarbeiten. Und hinterher nicht staubsaugen.

«Super, mobbt sie für ihre Legasthenie ruhig auch noch!», zischt sie und verschwindet durch den Küchenausgang nach draußen.

«Nicht in diesem Ton, Loppan!», ruft ihr die Stimme ihrer Mutter hinterher.

ANNA hat Lollo auf den Brief geschrieben, den sie in dem kleinen Posthäuschen auf dem Fähranleger auf zwei Tageszeitungen deponiert, die noch nicht abgeholt wurden. Ihren Nachnamen kennt sie nicht, also kann sie ihn auch nicht dazuschreiben.

Bevor sie sich zum Gehen wendet, betrachtet sie für einen kurzen Moment das Stillleben. Oben in den Ecken klettern langbeinige Spinnen herum, die Wände sind im Laufe ihrer langen Dienstzeit abgeblättert. In dem Raum ist außer für den Tisch kaum Platz, und der war vielleicht schon für die Post zuständig, bevor sie überhaupt geboren wurde. Und nun thront ganz zuoberst auf den Zeitungen ein weißer Umschlag aus dem Büro ihres Vaters, auf dem mit Kugelschreiber ANNA steht.

Er ist so weiß, dass er im Dunkeln beinahe leuchtet.

Anna

IRGENDWO UNTER ALL den Fahrradreifen, den rostigen Tonnen und dem, was Anna für ein Stück alte Dachpappe hält, muss noch ein Fernglas liegen. Da ist sie sich hundertprozentig sicher. Den ganzen Vormittag balanciert sie in der Hölle auf Blechen herum und hebt dabei allen erdenklichen Krempel an, sie öffnet alte vergammelte Brotkästen und zieht an sämtlichen zylinderförmigen Gegenständen, die sie entdecken kann. Das Einzige jedoch, was wenigstens ansatzweise wie ein Fernglas aussieht, ist eine noch fast frische Klorolle.

Zum Schluss fragt sie ihren Vater, der behauptet, es läge im Holzschuppen.

«Tut es nicht!»

«Guck halt nach, wenn du mir nicht glaubst.»

Neben dem Stapel Feuerholz und dem Bündel mit den Zeitungen liegt es tatsächlich. Schwarz und pummelig, mit einem verschlissenen Lederriemen und einem gesprungenen Glas.

«Und?», ruft ihr Vater. «Hatte ich recht, oder hatte ich recht?»

«Ich dreh mal 'ne Runde.»

Sie hängt sich das Fernglas um den Hals und steckt sich den Brief in die Hosentasche. Den von Louise hatte sie gestern Abend gefunden. Er hatte ihr von dem kleinen, dunklen Tisch entgegengeleuchtet und sie mit voller

Wucht in den Magen getroffen. In Großbuchstaben hatte ihr Name mitten auf dem Umschlag geprangt: ANNA. Als sie das Posthäuschen mit dem Brief in der Hand gerade wieder verlassen wollte, hatte sie mit einem Mal der Gedanke gestreift, Louise könnte sie heimlich beobachten.

Und da war ihr die Idee mit dem Fernglas gekommen.

Sie richtet es auf verschiedene Dinge, um es richtig einzustellen. Man muss sie zunächst anvisieren und dann so lange an der Linse drehen, bis sie richtig scharf werden. Erst beim fünften Versuch gelingt es ihr, den Specht näher heranzuzoomen.

Der Brief, den sie gleich deponieren wird, ist von ganz entscheidender Bedeutung. Es kann klappen oder nicht. Zum Glück ist ihr das im Grunde egal, denkt sie, als sie vom Pfad hinaus auf den Waldweg biegt. Es ist völlig unwichtig, ob Louise ja sagt oder nicht. Unwichtig, unwichtig, unwichtig. Sie kennen einander ja überhaupt nicht. Un-un-un, hämmert Annas Puls. Wichtig.

Eine Person wird schließlich nicht automatisch zum Inbegriff der eigenen Hoffnungen und Träume, bloß weil man zufällig gemeinsam ein Netz ausgelegt hat.

Oder weil man ihr Lachen mag.

Seit gestern ist starker Wind aufgekommen. Die See ist unruhig und kabbelig, und die Schwalben am Anleger schlagen mehr Saltos als sonst. Nur die mutigsten trauen sich in die Luft.

Anna legt den Brief neben den Zeitungsstapel, nicht darauf. Wenn Louise selbst herkommt, wird sie ihn so finden. Sollte sie sich darauf verlassen, dass man ihr den Brief zusammen mit der Zeitung nach Hause bringt, wird sie ihn nicht bekommen.

Sie hängt den Haken an der Tür wieder ein und macht sich auf den Rückweg. Als sie den Anleger verlässt und unten am Schilf entlanggeht, fährt ihr der Wind in die Haare und bis unters T-Shirt. Sie steigt über einen Felsen, vielleicht auf ein fremdes Grundstück, und hockt sich in eine Senke.

Schickt ein Stoßgebet gen Himmel: Bitte lass niemanden vorbeikommen und mich hier sehen.

Dann beginnt das Warten.

Sie beobachtet, wie der Glatzkopf seine Zeitung holt. Zoomt seine blanke Platte heran und entdeckt ganze vier Haare.

Bo kommt mit ihrem Hund zum Baden und Spielen vorbei. Sie wirft einen Stock hinaus aufs Wasser, und der Hund holt ihn wieder zurück. Anna liegt zusammengekauert auf der Lauer und folgt den beiden mit dem Blick. Hund müsste man sein! Dann würde ein dreißig Zentimeter langer Ast zum großen Glück schon ausreichen.

Dann nähert sich ein strubbeliger Mann in einem Boot. Er springt mit dem Seil in der Hand auf den Anleger, schnappt seine Zeitung und ist ruck, zuck wieder weg. Nach ihm holt die Spanierin ihre Zeitung ab, durch ihr Fernglas kann Anna erkennen, dass es *Dagens Nyheter* sind.

Danach ist es wie ausgestorben, abgesehen von den Wellen und den Tieren.

Eine Schwalbe tschilpt vom Anleger herüber.

Etwas weiter entfernt verschwindet der Schwanz einer Schlange zwischen den Steinen. Das Ereignis versetzt

Anna für ein paar Minuten in Euphorie, bis auch diese wieder nachlässt.

Nagender Hunger macht sich breit.

Ihr Magen klingt wie ihr alter Kühlschrank daheim.

Ihr Bein schläft ein. Sie piesackt es so lange mit einem Schneckenhaus, bis es aufwacht und aufhört zu kribbeln.

Eine halbe Stunde später taucht endlich Louise auf.

Es sind nicht ihre Haare oder ihr Gesicht, die Anna zuerst auffallen. Sondern ihre Bewegungen. Sie kann sie bereits wahrnehmen, lange bevor sie Louise sieht. Sie sind zaghaft und irgendwie introvertiert, wie bei jemandem, der sich seiner Einzigartigkeit gar nicht bewusst ist. Sie tritt aus dem Gebüsch. Geht über den Kies. Und weiter hinaus auf den Anleger.

Behutsam hebt Anna ihr Fernglas vor die Augen. Stellt den Winkel richtig ein und schraubt an der Linse. Zuerst bekommt sie nur die Kante des Anlegers und ein wenig Schilf ins Visier. Dann Louise.

Louise tut genau dasselbe, was auch Anna getan hätte: Sie holt den Brief aus dem Häuschen und lässt sich zum Öffnen damit auf dem Steg nieder. Sie muss ganz schön mit dem Klebeband kämpfen. Ihre Umschlagtechnik entlockt Anna ein verlegenes Lächeln, und sie zoomt Louises Gesicht näher heran.

Stupsnase, leicht glänzende Nasenflügel.

Ein feiner heller Flaum auf Wangen und Oberlippe.

Dunkle Augenbrauen, braune Wimpern, hin und her wandernde Augen.

Was sie liest, kann man nicht erkennen, doch Anna weiß ja, was dort steht.

Habe jede Menge Fische gefangen. Werde sie heute Abend unten am Bootssteg grillen. Würde auch für dich reichen, falls du Hunger hast.

Louise verzieht kaum den Mund. Müsste man es ihr nicht eigentlich ansehen können, wenn sie Lust zu kommen hätte? Sie müsste doch zum Beispiel lächeln?

Wie sieht jemand aus, der gerade denkt: «Ich möchte sehr gerne zum Fischgrillen vorbeikommen»?

Louise steht auf, stopft sich den Brief in die Tasche und wendet sich dem Meer zu, wahrscheinlich um die Haare aus dem Gesicht zu bekommen. Als sie sich wieder umdreht, meint Anna, ein Lächeln erkennen zu können. Sie sieht zumindest nicht verärgert aus.

Louise schlendert über den Anleger zurück an Land und weiter über den Kies. Bevor sie wieder in den Waldweg einbiegt, hält sie inne und holt den Zettel noch einmal hervor. Obwohl dort nur drei Sätze stehen, studiert sie ihn fast eine Minute.

Anna kann Louises Gesicht nicht sehen, ist sich jedoch ziemlich sicher, was das dort zu bedeuten hat.

Nämlich dass sie schleunigst ein paar Barsche fangen sollte.

Lollo

LOLLO KANN DEN RAUCH bereits oben an der Böschung riechen. Obwohl er nicht nach Fisch, sondern nur nach Feuer riecht, weiß sie sofort, dass es Annas Feuer ist. Zwischen den Wipfeln der Kiefern steigt ein dünner Rauchfaden auf. Sie gleitet den Hang hinunter, atmet den von Rauch geschwängerten Duft des Waldes ein und lässt ihn ihre Lungen füllen. Sie schreitet so leichtfüßig über Wurzeln und Moos hinweg, als wäre sie im Wald zu Hause.

Wohin sie ging, hatte niemand von ihr wissen wollen. Ihre Eltern hatten auf der Westterrasse gesessen und mit Hilfe ihrer dritten Flasche Roséwein diese Woche krampfhaft einen «lauschigen Abend» genossen. Und Peppe und Erik waren mit dem kleinen Boot rausgefahren. Sie selbst hatte das weiße Sommerhaus ohne ein Wort verlassen.

Anna hockt zusammengekauert vor dem Feuer und blickt in die Flammen. Ihre Feuerstelle besteht lediglich aus einem einfachen Steinkreis, und neben ihr liegen drei Fische auf einem Schneidebrett. Sie trägt dieselben Shorts wie neulich am Steg und ein hellgelbes T-Shirt mit der Aufschrift *Rudertrupp 04*. Ihr Gesicht ist regungslos, doch das Feuer lässt seine Schatten darauf tanzen.

Sie blickt erst auf, als Lollo nur noch wenige Meter von ihr entfernt ist. Lollo bleibt stehen. Von allen Höflichkeitsfloskeln, die sie gelernt hat, scheint keine so richtig an ein einsames Lagerfeuer zu passen. Schließlich macht Anna den Anfang.

«Wir müssen warten, bis die Flammen etwas niedriger sind.»

«Okay.»

«Ansonsten verkohlen sie uns bloß.»

Anna gegenüber liegt ein dicker Baumstamm. Lollo lässt sich darauf nieder.

«Okay.»

Für eine Weile ist nur das Knistern des Feuers zu hören. Eine ganz besondere Art von Stille, die an Musik erinnert. Vielleicht hat es so ja angefangen, mit der Musik. Jemand hat dem Knistern eines Feuers gelauscht, und plötzlich war ihm das Herz aufgegangen. Lollo würde Anna ihre Überlegung gern mitteilen, merkt jedoch selbst, wie albern sie klingt.

«Wo steht euer Haus?», erkundigt sie sich stattdessen.

Anna macht eine vage Geste mit der Hand.

«Da drüben.»

«Kann man dort nicht grillen?»

«Es ist nicht besonders sehenswert. Und außerdem ist mein Paps dort.»

Lollo gibt Anna mit einer Grimasse zu verstehen, dass sie genau weiß, was sie meint.

«Eltern.»

Anna grunzt und stochert mit einem Stock im Feuer herum. Wedelt mit demselben Werkzeug ein paar Insekten weg und muss plötzlich lachen.

«Äußerst effektiv. Mückenjagd mit einem Stock.»

«Wieder so eine deiner Überlebensstrategien?»

«Yes.»

Es dauert eine ganze Weile, bis das Feuer auf eine Glut heruntergebrannt ist. Anna hat es mit Ästen und trockenen Fichtenzweigen gefüttert, mit drei Holzscheiten und etwas, das möglicherweise mal eine Pappschachtel war. Hinter dem Rauch ist das Wasser zu erkennen. Es liegt so ruhig, als hätte es den Wind nie gegeben. Von Zeit zu Zeit bilden sich Ringe auf seiner Oberfläche, jedes Mal dann, wenn das Leben unter Wasser von unten an sein Dach klopft.

«Diese Jungs, mit denen du da unterwegs warst», setzt Anna an. «War der eine davon dein Freund?»

«Mein Bruder und sein Kumpel.»

«Ah.»

Lollo wird mit einem Mal verlegen, vollkommen grundlos eigentlich. Etwa weil Erik mit ihr flirtet? Oder weil Annas Frage sie stutzig macht? Spekuliert sie etwa darauf, hier mit ihr zu … knutschen, oder was? Ihre Wangen beginnen plötzlich zu glühen, doch sie schiebt es aufs Feuer.

«Hast du Geschwister?», fragt sie schnell.

«Einen Halbbruder.»

«Ist er auch hier?»

«Nein, der ist schon alt. Also, schon einundzwanzig, meine ich. Er arbeitet, ist im Grunde … ganz gut gelaufen für ihn.»

Lollo sieht einen einundzwanzigjährigen jungen Mann vor sich, der es im Leben zu etwas gebracht hat. Jemanden, der seinen Vater und seine Schwester mit ihrem klapprigen Boot verlassen hat, um sich in Ruhe seinen Geschäften widmen zu können. Die Bilder wollen irgendwie nicht so recht zusammenpassen.

«Und was arbeitet er?»

«In einem Lager.»

«Du meinst so was wie ... Kisten schleppen und Zeug verladen?»

«Ja, bei Clas Ohlson.»

Lollo hat das Gefühl, dass sie lieber nicht weiter nachhaken sollte. Aber sie muss. Wie kann denn «ganz gut gelaufen» bedeuten, dass jemand bei Clas Ohlson Bohrmaschinen verpackt?

Anna sitzt eine Weile schweigend da. Dann beantwortet sie die Frage, die Lollo noch gar nicht gestellt hat.

«Er hätte leicht auf die schiefe Bahn geraten können.»

«Wieso denn das?»

«Alle haben das gesagt. Er hat immer mit so drei Typen abgehangen, in der Schule, meine ich. Und weißt du, was die drei heute machen? Einer leistet Sozialstunden ab. Der zweite vertickt Stoff. Und der dritte ... tja, keine Ahnung, was der eigentlich macht. Aber bestimmt irgendwas Idiotisches. Mein Bruder war der Cleverste.»

Lollo weiß nicht, was sie darauf antworten soll. Für sie hört es sich nicht besonders clever an, sich mit Kleinkriminellen abzugeben, aber das wird sie natürlich nicht sagen. Genauso wenig wie sie fragen wird, was mit Stoff gemeint ist.

«Der Barsch wird dir schmecken», sagt Anna mit einem Lächeln. «Der Schwanz ist immer am leckersten.»

Die Fische starren mit aufgerissenen, mürrischen Mündern ins Leere. Lollo beobachtet fasziniert, wie Anna sie mit ihrem Schnitzmesser aufschlitzt und mit dem Finger die Eingeweide herauszieht. Anschließend schneidet sie ihnen die Köpfe ab und nimmt das komplette Schneidebrett mit ans Wasser.

«Damit unsere Freunde mit dem Geschrei aufhören», sagt sie.

«Welche Freunde?»

Anna sieht sie an.

«Sag bloß, du hast die vielen Möwen nicht bemerkt?»

Stimmt, jetzt wo sie es sagt. Zwei kreischende Möwen kreisen über ihnen. Drei weitere schaukeln in Ufernähe auf dem Wasser und haben ihnen die Schnäbel zugewandt. Als Anna die Fischabfälle ins Meer schleudert, stürzen sich die Vögel darauf und tauchen hinterher. Gierig schnappen sie nach allem, was sie erwischen können, sorgen für einen kurzen Moment des Tumults auf dem sonst so stillen Wasser. Binnen weniger Sekunden ist alles wieder vorbei. Während Anna die Fischfilets am Strand mit Wasser abspült, fliegt die letzte Möwe mit einem Fischkopf als Trophäe im Schnabel davon.

Anna legt die Filets alle nebeneinander auf einen Rost.

«Und dein Bruder?», fragt sie. «Was macht der?»

«Fängt im Herbst an der Königlich Technischen Hochschule an. Also ... eher keine schlechte Gesellschaft.»

Anna wirft ihr einen befremdeten Blick zu.

«Drogen und Kriminalität gibt's ja wohl überall. Und was ist mit deinem Freund?»

Lollo kann das Zwinkern gerade noch sehen. Sie lacht auf und täuscht eine spielerische Ohrfeige in Annas Richtung an.

«Er ist nicht mein Freund, das hab ich doch schon gesagt. Hättest du das etwa gern?»

Anna zuckt mit den Achseln.

«Ihr würdet doch bestimmt gut zusammenpassen?»
«Ich hab aber keinen Freund.»
Sie weiß nicht, warum sie das sagt. Anna hat sie nicht danach gefragt.

Anna legt den Rost auf die inzwischen perfekte Glut. Auf einer Terrasse irgendwo in der Nähe dreht jemand Musik auf. Sie wird durch die Bäume gefiltert und kommt bei ihnen wie ein dumpfes Echo an. Lollo erkennt das Stück wieder.
«Haben die eigentlich kein anderes Lied?»
«Das ist Lisa Nilsson. Meine Mutter hat dieses Lied geliebt.»
Lollo ist sich ziemlich sicher, dass Anna in der Vergangenheit gesprochen hat. Nicht im Präsens.
«Jedes Mal, wenn ich dich sehe, steht die Welt auf einmal still», singt Anna leise mit.
Ihre Singstimme klingt dunkel und nur ein ganz klein wenig schief. Sie verstummt, um nach einer Mücke auf ihrem Arm zu schlagen. Die Glut knistert.
«Feuer ist auch ein bisschen wie Musik», sagt Lollo.
«Wie meinst du das?»
Sie hatte das eigentlich nicht sagen wollen und wird rot. Doch Anna blickt sie aufmerksam an.
«Na ja, also wenn … man ihm zuhört jedenfalls, es knistert so schön. Fast schon wie ein Rhythmus.»
Anna nickt.
«Das stimmt. So eine Art jedenfalls.»
«Vorhin dachte ich … also, stell dir mal vor, die Musik hätte genau darin ihren Ursprung gehabt.»
Anna wendet mit Hilfe ihres Stocks die Filets um.

«In dem Fall weiß ich dann aber auch, wer für die Erfindung des Tanzens verantwortlich ist.»

«Wer denn?»

Anna fuchtelt zur Demonstration wild durch die Luft und klatscht in die Hände, als würde sie eine Art Tanz aufführen.

«Mücken.»

Anna

SIE KANN NICHT sagen, wie viele Male sie schon an diesem Strand gesessen hat, an diesem Feuer. Trotzdem ist es heute etwas anderes. Vor ihr sitzt nämlich nicht ihr Vater, der mit einem breiten Grinsen davon erzählt, wie er damals diesen gigantischen Hecht geangelt und dessen Kopf danach an die Lokustür genagelt hat. Und auch nicht Dojan, der einen glühenden Ast umdreht und davon redet, was man eigentlich alles tun sollte. Eis am Bootssteg verkaufen zum Beispiel. Eine Zwanzigerpackung Vanilleschoten für zehn Kronen das Stück einzeln weiterverkaufen. Oder die Tickets für die Schärenfähre kopieren und sie zum halben Preis verscherbeln.

Und vor ihr sitzt auch nicht ihre Mutter. Allerdings kann sie sich auch gar nicht mehr daran erinnern, was sie hier am Feuer eigentlich immer getan hat.

Anna hat ihr ganzes Leben an diesem Strand verbracht. Sie hat Fischreste hinaus aufs Wasser geworfen und die Möwen sich zu Hunderten um die Fischköpfe zanken lassen, der Glut beim Erlöschen zugeschaut.

Louise nimmt den Plastikteller von ihr entgegen. Ihre Hände sehen zart aus, die Nägel glänzen. Ihr Gesicht wird von der Sonne am Horizont erleuchtet, von den glimmenden Kohlen, dem Himmel. Ratlos beäugt sie den Barsch auf ihrem Teller.

«Gabeln hab ich keine», sagt Anna.

Louise zieht eine Schnute, die wohl der Versuch eines

Lächelns sein soll, und nimmt den Fisch mit beiden Händen hoch. Allem Anschein nach isst sie zum ersten Mal mit den Fingern.

«Isst man bei euch nie mit den Fingern?», erkundigt sich Anna.

«Wie *bei uns*?»

Anna weiß nicht, was sie darauf antworten soll. Bei euch Reichen halt. Bei euch Stingray-Besitzern.

Louise beißt ein kleines Stück von ihrem Filet ab und begegnet Annas Blick. Ihr entschlüpft ein leiser Ton, ein Mmmh, wie ein kleines Stöhnen. Sie braucht gar nicht zu sagen, dass der Fisch ihr schmeckt, das ist offensichtlich. Anna nimmt einen großen Bissen von ihrem. Schmeckt perfekt.

«Wir essen in der Regel mit Messer und Gabel», erwidert Louise.

«Hot Dogs etwa auch?»

Louise bricht in Gelächter aus. Ihr Lachen ist so breit, dass es von einem Ohr zum anderen und noch weiter bis hinaus in die Abendluft reicht.

«Die gibt's bei uns nicht so häufig.»

Das sagt sie einfach so dahin. Doch die Information ist trotzdem nur schwer zu verdauen. Wer bitte schön isst denn keine Hot Dogs?

«Seid ihr Muslime oder so was?»

Louises Lachen schallt über Glut und Gras und Wasser hinweg und erfüllt Annas Ohren, als hätte sie gerade eine Glückspille geschluckt. Selbst nachdem es längst verklungen ist, bleibt es weiter auf Louises Lippen liegen. Anna grinst, als hätte sie absichtlich etwas Lustiges gesagt.

«Zu besonderen Anlässen essen wir manchmal sogar mit zwei Sätzen Besteck», berichtet Louise weiter.

Die Sonne hat die Baumwipfel noch nicht erreicht, als sie sich Salz, Ruß und Fett von den Fingern lecken. Die Glut ist erloschen, und eigentlich hält sie nichts mehr hier. Louise geht trotzdem nicht.

«Mit was für Leuten bist du so in der Schule zusammen?»

Anna stochert mit einem Stock im Feuer, von dem mittlerweile nur noch Kohle übrig ist.

«Unterschiedlich.»

«Und wie heißen die so?»

«Wilma, Mekonnen, Alex ... Oscar ...»

An diesem Ort von ihren Freunden zu sprechen, kommt ihr total befremdlich vor. Hier draußen, im Rascheln der Espen und sanften Rauschen der Wellen, kommt es ihr vor, als würde Rågsved gar nicht existieren. Der Gedanke an Alex und Mekonnen, die über die Ferien zu Hause in ihrem Wohnblock geblieben sind und vielleicht in genau diesem Moment auf einem verlassenen Schulhof irgendwo im Zentrum Tricks auf ihren Longboards probieren, ist hier draußen komplett surreal.

«Und du so?»

Louise erzählt, sie habe drei beste Freunde, davon eine ABF.

«Schau, das da sind Sofie und Douglas, aber die beiden sind gerade in Griechenland ...»

Sie zeigt Anna ein Bild von einem Mädchen und einem Jungen, die vor einem Sonnenschirm Kussmünder in die Kamera machen.

«Hast du auch Fotos? Ich meine von dieser ... Wilma und den anderen?»

«Mein Handy ist kaputt», schwindelt Anna.

Louise blättert zu dem Foto eines anderen Mädchens weiter. Sie ist hellblond und hat eine Sonnenbrille im Haar.

«Und das hier ist Mimmi, sie ist zurzeit in Oslo, und zwar allein. Eigentlich wollte ich auch mitfahren, aber meine beknackten Eltern mussten mich ja unbedingt hierherschleppen.»

Anna kann es an ihrer Stimme hören: Louise wäre jetzt tausendmal lieber mit dieser Mimmi in Oslo als hier auf dieser Insel. Der Gedanke schmerzt sie ein wenig. Sie selbst möchte nirgendwo anders sein. Vor allem nicht jetzt.

Anschließend herrscht lange Schweigen. Je länger es andauert, umso weniger fällt Anna ein, was sie als Nächstes sagen könnte, und bestimmt wird Louise bald nach Hause gehen. Wenn ihr nicht doch noch fix etwas einfällt. Sie wirft einen vorsichtigen Blick in Richtung Badesteg, von dem erst vor ein paar Tagen ein Junge mit einem gellenden «Arschbombe!» ins Wasser gesprungen ist. Jetzt liegt der Steg vollkommen still und verlassen da.

«Wollen wir baden?»

Das Wasser ist bereits so dunkel, dass man die Steine am Grund nicht mehr erkennen kann, und auch nicht die um sie herumschwärmenden Fischchen. Nur die Oberfläche ist zu sehen, die der Sonne am Horizont nachwinkt und blinkt, und das aus dem Wasser herausragende Schilf. Am Strand haben sich Äste und angespülter Tang angesammelt, und ein Stück weiter oben hat jemand eine Holzbank aufgestellt.

Anna zieht Shorts und T-Shirt aus und lässt ihre Klamotten in einem Haufen auf die Bank fallen. Aus dem Augenwinkel kann sie Louise das Gleiche tun sehen, nur dass sie ihre Sachen zuerst zusammenfaltet.

Würde sie ein ganz normales abendliches Bad im Meer nehmen, könnte sie sich nun die Kleider vom Leib reißen und einfach nackt ins Wasser springen. Wie schon tausendfach zuvor. Aber im Gegensatz zu sonst steht heute Louise neben ihr, mit ihrer zarten, sonnengebräunten Haut, rosa Slip und Schleifchen am BH. Als ein Windzug über den Strand weht, bekommt Louise Gänsehaut, und obwohl Anna versucht nicht hinzusehen, sieht sie es trotzdem. Sie lässt den Blick an sich selbst hinabgleiten, auf die grünen Unterhosen und den Sport-Bustier mit dem Adidas-Schriftzug. Zwischen ihrem nackten Bauch und dem von Louise ist nichts als Luft, und allein von dem Gedanken ist ihre Haut wie elektrisiert. Sie denkt gar nicht daran, sich noch nackter zu machen als ohnehin schon.

Das Absurde an der Sache ist, dass Louise vermutlich nicht einen Gedanken in diese Richtung verschwendet.

Wahrscheinlich denkt sie einfach: «Hach, so ein kleines Bad wird jetzt richtig guttun.»

«Es ...», setzt Anna an und muss sich räuspern. «Es wird ziemlich schnell tief, nur damit du's weißt.»

Das Wasser ist warm, achtzehn Grad hat es bestimmt. Während der Wasserspiegel langsam an den Schenkeln nach oben kriecht, stellen sich einem sämtliche Körperhärchen auf, aber nur so lange, bis man richtig drin ist. Die Steine am Grund piksen in die Fußsohlen, und sie müssen höllisch aufpassen, nicht das Gleichgewicht zu verlieren.

Louise gerät ins Schwanken und rudert zum Ausgleich mit den Armen.

«Wird gleich einfacher», versichert ihr Anna. «Weiter draußen ist der Boden nur noch schleimig.»

«Na lecker», kichert Louise. «Schleim.»

Das Wasser reicht Louise inzwischen bis zur Taille. Anna muss sich dazu zwingen, sie direkt anzusehen. Dabei ist im Grunde doch gar nichts Merkwürdiges daran, einen Menschen geradeheraus anzusehen. Zumal wenn diese Person die einzige Gesellschaft weit und breit ist.

Louises Haut ist unbeschreiblich. So nah, dass man ihre Wärme erahnen kann. Jedes Mal, wenn sie auf einen spitzen Stein tritt oder das Gleichgewicht verliert, verzieht sie das Gesicht zu einer neuen Grimasse.

Plötzlich blickt Louise ihr direkt in die Augen. Der jähe Adrenalinschub lässt Anna das Einzige tun, was ein Mensch beim Baden gern tun will. Sie taucht ihre gehöhlte Hand ins Wasser und zieht sie ruckartig durch. Ihre Wasserfontäne gelingt ihr großartig.

«Du!», kreischt Louise.

Sie beugt sich vor und lässt einen Riesenschwall achtzehn Grad warmen Wassers über Anna niedergehen.

Ein kalter Schauer jagt ihr das Rückgrat hinab, wie Feuer.

Hinterher stapfen sie bibbernd den Strand hinauf. Ihre Unterwäsche ist klatschnass und wird an der Luft schnell kalt. Louise streift sich ihr T-Shirt über und manövriert ihren BH durch den Ärmel hinaus. Anna versucht es auf die gleiche Weise, doch mit ihrem Bustier funktioniert die Technik nicht, weshalb sie sich einfach wegdreht. Die Sonne ist mittlerweile fast untergegangen. Zum zweiten

Mal an diesem Abend wartet Anna darauf, dass Louise gleich nach Hause gehen will.

«Glaubst du, die trocknen noch, wenn wir sie irgendwo aufhängen? Bis wir nach Hause gehen, meine ich?»

Anna kratzt sich an der Wange, um ihr Lächeln zu verbergen.

«Ich weiß, wo wir sie hinhängen können.»

Neben den Stegen befinden sich dem Wasser zugewandt ein paar Felsen. An manchen Abenden sitzen Erwachsene dort, trinken Wein und lachen. Aber heute ist niemand hier.

In einer Senke hängt Anna ihre nassen Kleider an einen knorrigen Wacholderstrauch, und Louise tut es ihr nach.

«Hübscher Weihnachtsbaum», kommentiert sie daraufhin ihre Installation.

Sie setzen sich auf den Felsen daneben. Vor ihnen erstreckt sich das Wasser, weiter draußen die anderen Inseln, und zwischen alledem hängt die Sonne. Louise blickt über die aus dem Wasser herausragenden Felsen hinaus. Anna kann ihre Silhouette neben sich erahnen.

«Dort draußen kann man manchmal Seehunde sehen», sagt sie und richtet den Arm gen Süden. «Nicht besonders oft, aber eben ... manchmal.»

«Echt?»

«Sie gucken immer nur mit dem Kopf heraus.»

«Und woran erkennt man, dass es ein Seehund ist?»

«Sie sehen aus wie Steine. Nur dass sie plötzlich verschwinden und an einer anderen Stelle wieder auftauchen.»

Louise späht in die Ferne.

«Ist das dort drüben ein Seehund?», fragt sie und deutet mit dem Finger in die Richtung.

Anna schüttelt den Kopf.

«Das ist ein Stein.»

«Und das dort?»

«Ich würde eher sagen eine Möwe.»

Louise wendet Anna den Kopf zu. Anna spürt ihren Blick über ihr Gesicht wandern, von den Ohren über die Wangen, und sich vorsichtig weiter zu ihren Augen tasten. Sie wagt nicht hinzuschauen. Stattdessen starrt sie hinaus aufs Meer.

«Seit wann bist du hier? Ich meine, seit wie vielen Jahren kommst du schon hierher?»

«Schon mein ganzes Leben. Jeden Sommer.»

«Wir haben unser Haus erst dieses Jahr gekauft.»

Anna ist drauf und dran, «ich weiß» zu sagen.

«Ist das euer erstes Sommerhaus?», erkundigt sie sich stattdessen.

«In Spanien besitzen wir auch noch eins.»

«In Spanien?»

«Ja, aber mein Vater meinte, wir bräuchten unbedingt auch noch eins in den Schären. Das hätte so was schön Rustikales.»

Louises Stimme trieft vor Ironie. Anna hat zwar keine Ahnung, was rustikal heißen soll, versteht die Bedeutung ihrer Aussage aber trotzdem.

«Ich würde eigentlich am liebsten jeden Sommer in Stockholm bleiben», sagt sie.

Louise blickt sie immer noch an.

«Wieso willst d– ... Also, ich war jetzt ja noch nie in Rågsved, aber was kann man dort denn tun?»

«Na ja ... wir fahren ziemlich viel mit unseren Longboards und so. Weißt du, was das ist?»

«So was Ähnliches wie ein Skateboard.»

«Genau, nur in lang eben. Man kann nicht ganz so viel tricksen damit, aber dafür ziemlich schnell fahren. Und dann hänge ich eben mit meinen Freunden ab, solche Sachen halt.»

«Bleiben die im Sommer etwa auch in Stockholm?»

«Mhm.»

Louise wendet das Gesicht wieder dem Meer zu. Eigentlich ulkig, wie Anna jede ihrer Bewegungen kennt, obwohl sie sie gar nicht anschaut. So als hinterließen sie unsichtbare Muster auf ihrer Wange.

«Das ist jetzt aber ein Seehund, oder?», fragt Louise und deutet auf einen Kormoran, der mit ausgebreiteten Schwingen auf sie zufliegt.

Anna lacht.

«Ja genau, das ist einer! Dass die so tief fliegen, ist aber ehrlich gesagt ziemlich selten.»

Louise muss kichern. Und kann überhaupt nicht mehr damit aufhören. Ihr Lachen ist derart ansteckend, dass auch Anna nicht mehr aufhören kann.

«Stell dir das mal vor ...»

Ihr Satz artet in noch mehr Gelächter aus, und sie muss über sich selbst den Kopf schütteln.

«Was?»

«Na ja ... wenn Seehunde tatsächlich fliegen könnten! Wenn überall in den Schären Seehunde rumfliegen würden. Dann würde man sich hier ja kaum zu sitzen trauen. Weil man jeden Moment einen Seehund an die Birne bekommen könnte.»

Anna muss grinsen. Über die fliegenden Seehunde und über Louise, die aus dem Lachen gar nicht mehr herauskommt.

«Und ...», keucht Louise weiter, «ihre Kinder würden sie auch in der Luft bekommen!»

«Seehundbabys?»

«Ja, ganz viele! Zwanzig Stück auf einmal! Plopp, plopp, plopp ...»

«Man müsste sogar extra Warnschilder aufstellen», fügt Anna hinzu. «Achtung, fallende Seehunde!»

Jetzt endlich kann sie Louise in die Augen sehen. Jetzt, wo sie beide gemeinsam über die Seehundattacken lachen und aus dem Gelächter gar nicht mehr herauskommen. Ihre Augen glitzern wie die Wellen, sie hat Grübchen in den Wangen, und zwischendurch bekommt sie vor lauter Lachen kaum mehr Luft.

Sie verausgaben sich derart, dass sie irgendwann nur noch am Keuchen sind, Louise bekommt sogar Schluckauf davon, und da müssen sie sofort über den Schluckauf weiterkichern.

Wenn Anna sich nur getraut hätte, dann hätte sie jetzt ... na, irgendwas gemacht eben. Es wäre jedenfalls die passende Gelegenheit gewesen.

Ihre Unterwäsche ist noch immer feucht, als sie sie von dem Wacholderbusch klauben und zu einer Wurst zusammenrollen. Louises Taschenlampe leuchtet vor ihnen her, bis sich ihre Wege trennen. Danach tastet sie sich mit den Füßen vorwärts, geht vorsichtig und hofft insgeheim, nicht aus Versehen auf eine Schlange zu treten.

Ihr Vater hat in ihrem Häuschen eingeheizt, und es ist trocken und warm. Sie kramt eine trockene Unterhose heraus und kriecht in ihr Feldbett.

Das Letzte, woran sie vor dem Einschlafen denkt, ist Louises Zeigefinger und die Frage: «Das ist jetzt aber ein Seehund, oder?»

Noch nie zuvor ist Anna mit einem Lachen eingeschlafen.

Lollo

ALS SIE ANNAS Vater erblickt, fährt Lollo zuallererst der Schreck in die Knochen.

Was im Grunde merkwürdig ist, schließlich braucht sie sich vor nichts zu fürchten, und trotzdem schießt ihr der Gedanke unwillkürlich durch den Kopf: *Ich hab nichts getan!* Vielleicht liegt es einfach daran, dass er hier auf ihrem privaten Bootssteg einen so ungewohnten Anblick abgibt. Denn natürlich ist er nicht ihretwegen hier, wird ihr schnell klar. Dass er dort steht, hat nichts mit ihr und Anna zu tun.

Verglichen mit ihren eigenen Eltern wirkt er schon recht alt, wie mindestens sechzig, würde sie denken. Ein sehniger alter Mann mit roten Flecken auf der Haut und dunklen Schatten im Gesicht. Am Kinn erkennt man, dass er und Anna miteinander verwandt sind.

Ihr eigener Vater hat die Hände in die Hüften gestemmt und versucht sich den Anschein eines erfahrenen Seemanns zu geben.

«Meines Erachtens läuft er nicht mehr richtig rund, seit wir in diese Untiefe geraten sind», erklärt er. «Das kann auch pure Einbildung sein, aber Bibban ... also, meine Frau meint, wir sollten mal danach sehen lassen.»

«Kann jedenfalls nicht schaden», erwidert Annas Vater. «Haben Sie die Schraube schon überprüft?»

«Ja klar. Aber wie gesagt, meine Frau meint ...»

Lollo sitzt im Liegestuhl und beobachtet das Spektakel aus einigen Metern Entfernung. Ihr Vater war noch nie ein Skipper, und er wird auch niemals einer sein. Er macht sich ja keine Vorstellung davon, was für ein affiges Bild er abgibt, wenn er dort steht und so tut, als wüsste er alles. Wahrscheinlich ist sie die Einzige, die ihn durchschaut.

Die zwei Väter, der Sehnige und der Affige, gehen zusammen ins Bootshaus. Lollo folgt ihnen mit dem Blick und saugt einen Schluck Limonade durch ihren Strohhalm. Die Rücken der beiden verschwinden, doch ihre Stimmen dringen weiter durch die Spalten in der Bretterwand. Annas Vater macht irgendeine Bemerkung über das Boot, woraufhin ihr eigener Vater glucksend und mit gedämpfter Stimme etwas antwortet. Sie messen ihre Kräfte, zwar auf die besonnene Art von Erwachsenen, aber ein bisschen wie zwei Gockel. Oder besser gesagt wie ein altgedienter Gockel und ein Masthähnchen.

Anna hätte über ihren Vergleich gelacht. Wenn Anna jetzt neben ihr sitzen würde, mit ihrem Duft nach Feuer und Tang und Benzin, würde sie ihr in die Augen blicken und sich dabei halb schlapplachen. Bei Tageslicht wäre das noch mal etwas anderes als in der Dämmerung. Im Sonnenlicht würde Anna ihre ohnehin schon schmalen Augen nur noch mehr zusammenkneifen. Lollo überläuft ein Schauer. Während ihr Körper in der Sonne brät und der Rasen von Minute zu Minute weiter austrocknet, bekommt sie schon beim bloßen Gedanken an den gestrigen Abend auf den Armen Gänsehaut.

Jetzt ruhen ihre Beine schwitzend auf den blau-weißen Streifen des Liegestuhls, doch noch gestern Abend war dunkles Meerwasser an ihren Oberschenkeln entlang nach oben gekrochen. Bis Anna sie plötzlich vollgespritzt hatte und sie mit ihrer beider Gelächter und Gekreische die Wasseroberfläche gesprengt hatten. Der Himmel war rosa und gelb gefärbt und wurde vom Wasser gespiegelt. Anna mittendrin. Ihre Haare hatten ein einziges Wirrwarr gebildet, auf ihren Armen war Gänsehaut, und plötzlich hatte sie einmal tief Luft geholt und war unter die blanke Oberfläche getaucht und wie eine gebadete Maus wieder hochgekommen.

Sie selbst hatte sich mit den Füßen über den steinigen Grund getastet, als sie das Wasser zwar zitternd, innerlich jedoch voller Wärme wieder verließ. Der Strand hatte noch immer nach Rauch und gegrilltem Fisch geduftet, und Anna hatte sich beim Umziehen von ihr weggedreht.

Und genau da hatte Lollo sie sich angeschaut. Ihren schmalen Rücken mit den Schulterblättern wie kleinen Flügelchen, und dazwischen Muskeln, wie man sie vielleicht vom Schleppen von Benzinkanistern und Steuern eines Boots bekommt. Und wie gern hätte sie Anna in diesem Moment mit der Hand berührt.

Wieder stellen sich die Härchen auf ihren Armen auf. Beim bloßen Gedanken.

Ihr Handy piept. Schon zum siebzehnten Mal heute, und von seinem Display sendet ihr Mimmis Kussmund Grüße aus Oslo. Diesmal vor einem Eis-Kiosk. Lollo hält ihr Handy hoch und fotografiert sich von schräg oben. Ihre Limonade gibt einen ganz passablen Drink ab, und sie selbst macht sich so weit auch ganz gut als Fotomodel in einem Urlaubsparadies. Ein Plusmodel eben. Sie hat das Foto kaum verschickt, als Mimmi sie schon anruft.

«Hi Süße! Und, was geht so in den Schären?»
Ihre Stimme ist ein Stückchen Wirklichkeit. Und wenn sie «Schären» sagt, auch ein Stück weit ironisch.
«Immer noch genauso *boring* wie bisher, nehm ich an?»
Sie lacht schrill, und Lollo braucht gar nicht mehr viel zu antworten. Mimmi fährt in ihrem Redeschwall fort, ihr norwegischer Onkel sei wirklich der Allerbeste, sie hätten schon die supergeilsten Ausflüge unternommen, und außerdem hätte sie da so einen Typen kennengelernt, allerdings sei der schon einundzwanzig, weswegen sie sich noch gar nicht so sicher sei, ob sie wirklich scharf auf den ist, aber sein Norwegisch sei eben total goldig.
«Aber jetzt sag mal, wie läuft's denn eigentlich mit diesem ... na, mit dem Kumpel deines Bruders, sag, wie hieß der gleich?»
«Erik heißt der. Was soll das bedeuten, wie läuft's eigentlich?»
Mimmi kichert. Und sagt, sie könne es genau an Lollos Stimme hören, dass sie scharf auf den ist, selbst wenn sie das Gegenteil behauptet.
«Wo ist er denn jetzt? Sitzt er neben dir?»
«Die fahren Wasserski», antwortet Lollo, ohne ihr zu widersprechen.
Mimmis Worte ziehen sich wie eine Schlinge um sie. Sagen, dass es doch nur logisch wäre, wenn sie sich in Erik verlieben würde. Normal eben.
Lollo betrachtet ihre Arme, denkt an Eriks schlaksigen Körper und seine Stimme, wenn er «Arschbombe!» ruft. Und wünscht sich, die Härchen auf ihrer Haut würden sich bei dem Gedanken ebenfalls aufstellen.

Peppe und Erik sind zur selben Zeit mit ihren Wasserskiern zurück, als Lollos und Annas Vater wieder aus dem Bootshaus treten, noch immer in ihre Fachsimpelei über Boote vertieft. Bei näherem Hinhören stellt man fest, dass Lollos Vater eigentlich die ganze Zeit das Gleiche sagt wie Annas Vater, nur halt mit anderen Worten. Die beiden Jungs lachen und rufen, als müsste die ganze Welt erfahren, wie sie die Welle erwischt hat. Lollo ist hier nur das Publikum.

Vielleicht sind aber auch die anderen das Publikum, und sie selbst ist das Ausstellungsstück. Genau so jedenfalls fühlt sie sich, so wie Erik sie mustert. Er lässt seinen Blick von ihrem Kopf zu ihren Brüsten und weiter über ihre Schenkel zu den Füßen wandern, und am liebsten würde sie sich jetzt ganz klein machen. Sie spürt, wie sich ihre Schultern verkrampfen, und überlegt, ob man das sehen kann.

«Du hättest mitkommen sollen», stellt Erik mit einem Strahlen fest.

Sein übliches charmantes Lächeln.

«Na, aber das sollte doch eigentlich kein Problem sein, ist doch ein tipptopp Motor und ...», sagt Annas Vater jetzt hinter den beiden Jungen.

«Nee, am Motor gibt's definitiv nichts auszusetzen», erwidert daraufhin Lollos Vater. «Wie gesagt, meine werte Gattin wollte gern, dass ich mal nachsehen lasse. Ich persönlich sehe da auch kein Problem.»

«Kannst du vielleicht ein kliiitzekleines bisschen subtiler glotzen?», sagt Peppe zu Erik.

«Kann ich doch nichts für, wenn du so 'ne heiße Schwester hast», entgegnet Erik mit einem nicht enden wollenden Grinsen.

Dabei sieht er Lollo unverhohlen an. Sie weiß nicht, wie sie darauf reagieren soll, also trinkt sie noch einen kleinen Schluck Limonade. Als sie sich die vorhin geholt hat, waren Eiswürfel drin, jetzt ist sie pisswarm.

Annas Vater müffelt ganz schön nach Zigaretten. Das kann sie jetzt, wo die beiden näher stehen, riechen. Er schüttelt ihrem Vater die Hand und geht dann wieder, folgt dem gekiesten Weg mit ruckartigen Schritten zum Gartentor. Obwohl er eigentlich größer ist als Lollos Vater, wirkt er dennoch kleiner. Und Erik fragt:

«Was war denn das für 'n Junkie?»

Anna

«SO, ICH WAR in der Zwischenzeit bei diesen Scheeles drüben.»

Mit einem Glucksen zündet sich ihr Vater eine Zigarette an. Ohne den Blick vom Boden zu heben, spitzt Anna die Ohren. Er soll ja nicht denken, sie würde sich dafür interessieren.

«Piekfeine Leute», sagt er mit übertriebener Betonung auf dem i.

«Das Anwesen ist ja der reinste Golfplatz. Alles vorhanden: Gartenhaus, Teehaus, Bootshaus und noch ein Haus extra, in dem man sich die Füße waschen kann.»

«Und eins, in dem man sich die Mütze aufsetzt?»

Ihr Vater prustet vor Lachen.

«Eins zum Aufsetzen und eins, wo man sie wieder abnehmen kann. Das Mützenabsetzstübchen. Der Kerl hat erzählt, sie wären mit ihrer Küche unzufrieden. Und weißt du warum?»

«Nee.»

«Sie hätten gern eine Kücheninsel gehabt.»

«Was bitte ist eine Kücheninsel?»

«Das hier jedenfalls nicht.»

Ihr Vater dreht sich im Sitzen so weit nach hinten, dass er um ein Haar aus seinem Klappstuhl kippt, und pflückt eine noch nicht ganz reife Walderdbeere.

«Das würde ich unter einer Kücheninsel verstehen. Eine Insel, auf der Essen wächst. Eine Kücheninsel eben.»

Anna verzieht über den schlechten Witz ihres Vaters den Mund zu einem gequälten Lächeln.

«Hast du gewusst, dass die mit zwei Sätzen Besteck essen?», fragt sie.

Ihr Vater nickt.

«Ja, was dachtest du denn? Ein Set für sich selbst und noch ein weiteres, mit dem sie sich von ihren Dienern füttern lassen können. Beim Geld ...»

Er schiebt sich die Walderdbeere umständlich in den Mund und verzieht angesichts ihrer Unreife das Gesicht.

«Beim Geld ist's wie mit dem Alkohol. Selbst wenn man längst genug hat, will man immer mehr. Und am Ende macht es einen bloß unglücklich.»

Anna sieht verstohlen zu ihm hinüber. So spricht er normalerweise nicht über Alkohol. Und wenn sie sich einen Kommentar erlaubt, seufzt er oder spielt ihn mit einem Scherz herunter, nur um sich kurz darauf ein Bier aufzumachen. Sie weiß, dass er die Wahrheit auch diesmal nicht einfach im Raum stehenlassen wird, das würde er gar nicht ertragen.

«Skål, zum Henker!», grinst er und sucht für ein paar Sekunden Annas Blick.

In seinem wehmütigen Grinsen nimmt sie etwas wahr, das sie vorher möglicherweise noch nie wirklich registriert hat. Nämlich dass ihr Vater ein Mensch ist.

Diese Einsicht mag läppisch klingen. Schließlich ist jeder ein Mensch. Doch erst in diesem Moment wird ihr so richtig klar, dass er auch ganz unabhängig von ihr existiert. Mit einem Mal sieht sie ihn mit völlig anderen Augen. Nicht als ihren Vater, sondern eben als Åke. Als einen

Mann in seinem Sommerhaus, mit Bandscheibenvorfall und Berufsunfähigkeitsrente, mit schwieligen Händen, kleinem Altmännergesicht und Wuschelfrisur.

«Wenn es mich nicht gäbe», setzt sie an. «Würdest du dann trotzdem jeden Sommer hier rausfahren?»

Ihr Vater zieht an seiner Zigarette. In sein Gesicht tritt ein undefinierbarer Ausdruck, und er sieht sie nicht an.

«Das ist eine verdammt hypothetische Frage», erwidert er, «in Anbetracht der Tatsache, dass ich das Paradies in dem Fall vermutlich gar nicht mehr mein Eigen nennen würde.»

«Du hättest es verkauft?»

«Ich wäre dazu gezwungen gewesen. Du weißt ja, wie es um unsere Finanzen bestellt ist.»

«Das heißt, wenn es mich nicht gäbe, würdest du es verkaufen, damit wieder Geld in die Kasse kommt? Aber das ist doch total unlogisch, schließlich kostet es wesentlich mehr, mich zu haben, als mich nicht zu haben.»

Ihr Vater schüttelt den Kopf.

«Nix da. Die Sache war doch vielmehr die, dass ich eine Zeitlang den Gerichtsvollzieher am Hals hatte. Davon habe ich vielleicht erzählt.»

Anna weiß nicht mehr, ob er davon erzählt hat. Es wäre allerdings durchaus denkbar, denn allein schon das Wort verursacht ihr Übelkeit.

Gerichtsvollzieher.

«Damals hat man mir damit gedroht, mir das Grundstück wegzunehmen. Und da hab ich ausnahmsweise mal was ziemlich Cleveres getan», sagt er mit einem Zwinkern.

«Nämlich das Grundstück auf dich überschrieben.»

«Wie jetzt?»

«Ich hab dir das Grundstück geschenkt. So dass es dir gehört. Und deshalb können sie es mir jetzt auch nicht mehr wegnehmen.»

Anna blinzelt ein paarmal und versucht, das eben Gesagte in ihren Schädel zu bekommen.

«Soll das heißen, das Grundstück gehört mir?»

Ihr Vater lacht über ihren Gesichtsausdruck.

«Das Grundstück gehört uns beiden, aber du bist die Eigentümerin.»

«Also ist es meins.»

«Klar ist es deins.»

Anna betrachtet das Paradies mit neuen Augen. Den Metallschrott, das Häuschen, die Bretter und Farne und Reifen. Natürlich ist sie sich darüber im Klaren, dass es sich lediglich um ein Stück Papier handelt, um eine praktische Lösung für ein ernstzunehmendes Problem. Aber nichtsdestotrotz gehört das Grundstück ihr. Jeder Quadratmeter mit Espensprösslingen und Blaubeersträuchern, Mauselöchern und Libellen. Sie merkt, wie sie angesichts dieser umwerfend großartigen Offenbarung lächeln muss.

«Hey, Åke, kein Problem», sagt sie. «Kannst gern mit auf meinem Grundstück abhängen.»

Ihr Vater bricht in schallendes Gelächter aus.

«Das ist ja nett», erwidert er. «Wirklich ausgesprochen edelmütig von dir.»

Sie unternimmt einen Rundgang über ihr Grundstück. Die Tatsache, dass es nun ihr gehört, hat für die darauf lebenden Wühlmäuse keinerlei Konsequenzen. Und trotzdem hat sie das Gefühl, dass etwas anders ist. Der Erdboden möchte ihr etwas mitteilen, weshalb sie beim Herumgehen aufmerksam die Ohren spitzt. Doch das Einzige, das sie im Moment vernehmen kann, ist ein Kleiber, der Insektenlarven in sich hineinpickt.

«Sag mal, waren die eigentlich nett?», fragt sie.
«Wer jetzt?»
«Diese Scheeles.»
«Na ja, schon, wie solche Leute halt so sind. Der Bursche ist so ein richtiges Alphatier, mit null Ahnung von Booten. Madame hab ich gar nicht erst zu Gesicht bekommen. Und die Kinder waren etwas ... na ja, die Tochter hat sich die ganze Zeit gesonnt, und die beiden Jungs wirkten auf den ersten Blick nicht unbedingt sympathisch.»
Anna ist ganz seiner Meinung. Diesen Erik findet sie auch nicht sonderlich sympathisch.
«Was haben sie gemacht?»
«Sie kamen gerade vom Wasserskifahren zurück.»
«Das Mädchen auch?»
«Nein, die hat sich gesonnt, sag ich doch.»
«Verstehe.»
Sie weiß nicht, was sie weiter sagen soll. Ihr Vater sitzt neben ihr in seinem Klappstuhl und ist der Einzige, mit dem sie reden kann. Aber wohl kaum über Louise.
«Morgen fahr ich 'ne Runde mit dem Boot raus», sagt sie. «Ich kann einkaufen, wenn wir was brauchen.»
«Klar, können wir machen», antwortet er. «Wir können doch zusammen 'ne Runde rausfahren?»
«Ich kann gern alleine fahren», entgegnet sie, «dann kannst du später am Abend mit mir raus und ein Netz auslegen.»

Ihr Vater blickt sie so verständnislos an, als hätte sie gerade etwas Seltsames gesagt. Hat sie ja wahrscheinlich auch, sie fahren sonst immer zusammen.

«Denk aber bitte an die Schwimmweste.»

Lollo

ALS LOLLO DIE BÖSCHUNG zum Bootssteg hinuntersteigt, zeigt die Uhr gerade mal acht. «Wir brechen in der Frühe auf», hatte Anna gesagt, als sie sich verabredet hatten. Ihre helle, leicht kratzige Stimme hatte die Nacht mit Träumen gefüllt und sie um sieben daraus geweckt.

Nachdem sie sich angezogen hatte, war sie in dem noch schlafenden Haus die Treppe hinabgehuscht und hatte an dem weiß gebeizten Esstisch gefrühstückt. Die Türen um sie herum waren noch alle geschlossen gewesen, Peppes und die zum Schlafzimmer ihrer Eltern, denn es war zwar schon Morgen, aber zugleich auch immer noch Nacht. Beim Öffnen der Haustür war ihr ein Schwall Morgenluft ins Gesicht geschwappt. Auf der Treppe hatte sie kurz gezögert, war noch einmal umgekehrt und hatte einen Zettel geschrieben: *Bin heute Nachmittag zurück.*

Schließlich will man bei seiner Rückkehr nicht in eine Treibjagd geraten. Und als die verschwundene Teenagerin in die Nachrichten eingehen.

Erst kann sie Anna nirgendwo entdecken. «In der Frühe» ist eine ziemlich vage Zeitangabe, vielleicht schläft sie ja noch. Jedenfalls ist sie nicht am Boot.

Doch dann erspäht sie Anna unten am Strand. Mit gesenktem Kopf wandert sie umher und kickt wahllos in die Steine. Dann beugt sie sich nach unten und hebt einen davon auf, bürstet ihn ab und lässt ihn übers Wasser flitschen. Er macht drei Sätze.

Lollo beobachtet sie noch ein Weilchen. Irgendwas an dieser zierlichen, verstrubbelten Person macht sie glücklich und lässt sie nachts von Wasser und Booten träumen. Anna hebt einen neuen Stein auf und betrachtet ihn. Er springt zweimal übers Wasser.

«Wartest du schon lange?», erkundigt sie sich, als sie unten am Strand ankommt.

«Alles gut.»

«Bei mir haben alle noch geschlafen, als ich losgegangen bin», berichtet Lollo.

Anna grinst.

«Mein Vater auch. Er hat geschnarcht wie eine Dreschmaschine.»

Lollo fühlt sich blendend. Sie ist an einem freien Tag um sieben aufgestanden, noch dazu ohne zu wissen, was sie heute überhaupt vorhaben. Doch ihr ganzer noch morgenmüder Körper sagt ihr: Es geht ihm blendend.

«Was ist eine Dreschmaschine?», fragt sie.

Anna zuckt mit den Achseln.

«Etwas, wonach man beim Schnarchen klingt.»

Sie hat ihre Schwimmweste mitgebracht, genau wie Anna sie gebeten hatte. Ihre ist hellblau und weiß, die von Anna gelb und unförmig. Anna steigt ins Boot hinein, wobei sie dessen Schwanken mit den Armen ausgleicht.

«Du kannst das Tau losmachen», sagt sie und deutet auf das Seil.

Lollo knotet das Seil von dem Metallring am Bootssteg

los. Mit der einen Hand hält sie das Tauende fest, mit der anderen die Balance, bis sie sicher im Boot angelangt ist. Jetzt sollte ihr Vater sie mal sehen! So viel zum Thema, wer hier Ahnung von Booten hat.

Der Boden ist heute vollkommen trocken, und die Decken liegen bereits auf den Sitzbänken ausgebreitet, darüber hängt jedoch noch immer der Benzingeruch und erinnert sie an eine Nacht, in der man Netze auslegt. Sie setzt sich genau in die Mitte des Bootes und beobachtet Anna dabei, wie sie im Stehen das Starterseil zieht. Beim dritten Versuch tuckert der Motor los, und das auf der Wasseroberfläche vibrierende Boot weckt die Krabben in der Tiefe. Jedenfalls stellt sie es sich so vor.

Anna legt vom Steg ab und steuert in die Bucht hinaus.

«Wohin fahren wir?», erkundigt sich Lollo.

Anna behält die Hand auf der Pinne, während sie Lollo das Gesicht zuwendet.

«Wohin du willst.»

Es dauert einen Moment, bis Annas Aussage zu ihr durchdringt.

«Ich kenne mich hier doch überhaupt nicht aus.»

«Aber irgendwohin deuten wirst du ja wohl können.»

Sie schippern weiter in die Bucht hinaus, vorbei an der Landzunge und der Stelle mit der Untiefe, vorbei an dem Stein, der doch kein Seehund ist. Vor ihnen eröffnet sich der Blick auf noch mehr Wasser, und neue Inseln werden sichtbar. Eine Weile lang werden sie von einem Seevogel verfolgt, der dicht über der Wasseroberfläche dahinflattert, bevor er hoch in den Himmel steigt. Ansonsten sind sie beide hier allein.

Zwischen zwei größeren Inseln befindet sich ein weiteres Inselchen, das jedoch kaum mehr als ein aus dem Wasser ragender Felsen ist. Eine Gruppe Möwen hat sich darauf niedergelassen, und an seiner einen Seite wachsen ein paar Sträucher.

«Können wir zu der dort drüben fahren?»

«Zu welcher?»

Lollo deutet auf die Felseninsel.

«Zu der dort.»

Sie kann nicht erkennen, was in Annas Gesicht vorgeht, als sie das Boot nach links lenkt und auf die kleine Insel zusteuert. Hat sie sich den falschen Ort ausgesucht? Sie überlegt, ob sie ihre Wahl erklären soll, ihr sagen, sie hätte die Insel einfach so süß gefunden oder die Sträucher hätten ihre Neugier geweckt, doch das Boot macht mit seinem Krach jede noch so kleine Unterhaltung unmöglich. Vielleicht ist ja auch das der Grund, warum Anna ihr nicht antwortet.

Auf der Insel gibt es keinen Steg, an dem sie anlegen könnten, doch als sie sich nähern, klappt Anna einfach den Motor hoch, und so gleiten sie das letzte Stück heran. Der Bug scharrt gegen den Felsen, bevor das Boot zum Liegen kommt. Anna springt hinaus und bedeutet Lollo, ihr zu folgen.

«Wir müssen es an Land ziehen.»

Das Boot ist ganz schön schwer, schwerer, als Lollo gedacht hatte. Sie müssen es an beiden Seiten anpacken und mit aller Kraft ziehen.

«Eins, zwei, drei», zählt Anna. «Jetzt noch ein letztes Mal. Eins, zwei, drei!»

Lollo massiert sich die Handflächen, auf denen die Bordwand Abdrücke hinterlassen hat. Anna nimmt das Seil und wickelt es um den Stamm eines der Sträucher. Währenddessen lassen die Möwen die beiden menschlichen Eindringlinge nicht aus den Augen.

«Ich frage mich, wie diese Insel wohl heißen mag», sinniert Lollo.

«Die hat bestimmt keinen eigenen Namen», erwidert Anna. «Das ist doch bloß so eine winzige Felseninsel.»

Lollo geht ein paar Schritte. Die kleine, nur aus einem Felsen bestehende Schäreninsel ist nur wenige Meter breit, und wenn man sich in deren Mitte stellt, hat man das Wasser zu allen Seiten. In einer kleinen Spalte wächst etwas Gras, aber ansonsten ist das Gestein vollkommen kahl.

«Dann können wir sie doch einfach taufen», schlägt Lollo vor.

Anna kommt hinterher. Ihre beturnschuhten Füße stellen sich neben die von Lollo.

«Okay», sagt sie. «*Fliegender Seehund.*»

Lollo bricht in Lachen aus.

«Das ist gut!», erwidert sie.

«Oder woran hattest du gedacht?», fragt Anna.

«Dein fliegender Seehund ist besser», antwortet sie.

«Jetzt sag schon.»

«Ist vielleicht ein bisschen peinlich. Aber mein erster Gedanke war *Freedom.*»

Anna

LOUISE HAT SIE AN einen absolut belanglosen Ort gelotst. Auf den nichtssagendsten Felsen im nördlichen Schärengarten, voller Möwen und mit zwei Wacholdersträuchern als einzigem Bewuchs. Louise geht noch ein paar Schritte weiter und hat die andere Seite der Insel schon erreicht. Anna trottet hinterher.

Sie hatte gehofft, Louise würde sich vielleicht eine der Inseln mit Sandstrand aussuchen, irgendeine, wo man vielleicht mal ein Eis kaufen kann. Aber wie Louise schon ganz richtig sagt, sie kennt sich hier nun mal nicht aus.

«Guck mal!», sagt Louise.

Am Ufer tippelt eine Bachstelze auf und ab. Anna stellt sich neben Louise, gerade dicht genug, dass sie ihre Nähe spüren kann, sie sich aber nicht berühren.

Sie weiß eigentlich auch nicht so genau wieso, zwischen ihnen beiden wird sowieso nie im Leben was passieren. Aber jedes Mal, wenn sie in Louises Nähe ist, schießt ihr das Blut durch den Körper, und von diesem Gefühl kann sie einfach nicht genug bekommen.

«Normalerweise mag ich keine Vögel», erklärt Louise. «Aber der da ist total niedlich. Er sieht irgendwie aus, als hätte er was vergessen. Oh nein, jetzt hab ich die Schlüssel vergessen, ich muss noch mal zurück! Oh Schreck, jetzt hab ich auch noch das Handy liegenlassen!»

Anna muss lachen. Louise hat recht, die Bachstelze sieht wirklich aus, als hätte sie etwas vergessen, wie sie so ein paar Schritte macht, stehen bleibt, zurückgeht, wieder ein paar Schritte macht ...

«Woher hast du nur diese ganzen Einfälle?», fragt Anna.

Louise schneidet ein Gesicht und tippt sich an die Stirn. «Hab vermutlich nicht mehr alle Tassen im Schrank.»

«Find ich gut.»

Find ich gut. So viel kann man doch wohl zu einem Menschen sagen, ohne damit schon zu viel von sich selbst preiszugeben? Find ich gut, dass du nicht mehr alle Tassen im Schrank hast, könnte man schließlich zu so ziemlich jedem sagen. Trotzdem beschäftigt die Antwort sie so sehr, dass sie darüber ganz das Zuhören vergisst. Louises Worte dringen nur noch wie aus weiter Ferne zu ihr durch, und irgendwann verstummt sie.

«Was sagst du?»

«Dass hier alles voller Möwendreck ist. Ich dachte, wir könnten uns hier ein bisschen in die Sonne setzen.»

«Dann warte kurz!»

Anna sprintet zum Boot zurück und holt die beiden Sitzdecken. Sie breitet sie auf dem felsigen Untergrund aus und lässt sich auf der einen davon nieder.

Die andere Decke liegt ganz dicht neben ihr.

Und Louise zieht sie vor dem Hinsetzen kein Stückchen weg.

Am Ufer hüpft die Bachstelze weiter so ungerührt auf und ab, als existierten die unsichtbaren Strahlen überhaupt nicht, die weiter oben auf dem Felsen zwei Körper miteinander verbinden. Oder doch zumindest den einen mit dem anderen.

Sie strecken die Beine aus. Annas Shorts gehen bis zum Knie, die von Louise reichen gerade mal bis zur Mitte ihrer Oberschenkel. Im Gegensatz zu Annas Streichholzbeinen sind Louises Beine wesentlich draller. Ihre Haut ist von lauter kleinen hellen Härchen übersät und braun gebrannt wie aus dem Solarium. Anna wirft einen heimlichen Blick darauf, und dann gleich noch einen. Und noch einen. Louises Beine haben eine Anziehungskraft, die sie halb verrückt werden lässt, denn eigentlich weiß sie, dass sie nicht hingucken sollte.

«Bist du so auch, wenn du mit deinen Freunden zusammen bist?», fragt sie, um sich selbst auf andere Gedanken zu bringen. «Denkst du dir da auch dauernd solche Sachen aus wie ... fliegende Seehunde und Vögel, die ihre Schlüssel vergessen?»

«Nein, nicht direkt. Höchstens manchmal mit Mimmi.»

Anna starrt angestrengt auf den energischen Vogel am Ufer, den Möwendreck vor ihren Füßen, das fast spiegelglatt daliegende Wasser. Auf alles, bloß nicht auf Louises Beine.

«Keine Ahnung, wer ich bin», sagt Louise weiter, «also, zusammen mit den anderen, meine ich. Wohl noch am ehesten die Zuhörerin.»

Anna brummt. Inzwischen hat sie etwas gefunden, worauf sie den Blick heften kann. Louises Schuhe.

«Die anderen haben alle einen ziemlich ausgeprägten Charakter», fährt Louise fort. «Douglas ist eine Nummer für sich. Total durchgeknallt. Sofie ist die absolute Partyqueen. Und Mimmi ist unglaublich hübsch, sie sieht aus wie ein Model. Du hast das Bild ja gesehen.»

Anna schielt erneut zu ihr hinüber. Am liebsten würde

sie jetzt sagen, dass Louise hundertmal besser aussieht als das Mädchen auf dem Bild auf ihrem Handy, kann ihre Gedanken jedoch diesmal erfolgreich für sich behalten.

«So wahnsinnig hübsch war sie jetzt auch wieder nicht», antwortet sie stattdessen.

Über Louises Gesicht huscht ein kaum merkliches Lächeln. Oder doch zumindest eine zaghafte Regung.

«Ich bin sozusagen die graue Maus», erklärt Louise weiter. «Und die Dicke. Iiih!»

Letzteres ist eine Art Aufschrei. Nicht unbedingt hysterisch, aber auch nicht gerade entspannt.

Auf Louises Oberschenkel sitzt ein bestimmt drei Zentimeter langer schwarzer Käfer und rotiert mit den Fühlern. Anna lehnt sich vor und nimmt ihn vorsichtig auf die Hand. Damit er sich nicht erschreckt, er hat nämlich Beißwerkzeuge. Sie macht eine hohle Hand und schleudert das Insekt so weit wie möglich von sich. Nicht ins Wasser, versteht sich. Plötzlich merkt sie, dass ihre andere Hand noch immer auf Louises Knie ruht. Vermutlich sollte sie sie besser von dort wegnehmen.

Louise kichert.

«Danke», sagt sie. «Entschuldige. Normalerweise habe ich keine Angst vor Krabbeltieren.»

«Der war aber auch ganz schön groß», erwidert Anna. «Ich hätte an deiner Stelle auch geschrien.»

Ihre Hand liegt noch immer auf Louises Knie. Instinktiv möchte Anna sie wegziehen, sie liegt schon viel zu lange dort, doch da regt sich noch ein anderes Gefühl in ihrem Körper, das ihr sagt, es nicht zu tun. Das Gefühl von Louises warmer Haut, direkt auf ihrer.

«Und was ist mit dir?», will Louise wissen.

Völlig neutral und ganz und gar nicht, als würde Annas Hand auf ihrem Bein liegen.

«Wer bist du, wenn du mit deinen Freunden zusammen bist?»

Anna denkt nach. Was aber vollkommen unmöglich ist, solange ihre Hand auf der weichen Haut von Louises Knie ruht. Also nimmt sie sie dort weg und stützt sich damit auf den steinernen Untergrund. Und bereut es sofort wieder. Dann hat sie die Frage vergessen.

«Was hast du noch mal gefragt?», erkundigt sie sich.

«Wer du zusammen mit deinen Freunden bist.»

«Ach so, ja.»

Ihr Gehirn streikt. Und alles nur, weil sie ein Knie angefasst hat. Sie muss die Frage fünf-, zehnmal in Gedanken wiederholen, bis sie zu ihr durchgedrungen ist.

«Ich will immer irgendwas unternehmen. Wenn Mekonnen oder einer von den anderen bloß abhängen will, krieg ich die Krise. Aber irgendwie kann ich sie meist doch motivieren. Meistens fahren wir dann mit den Longboards.»

Louise wendet sich zu ihr um. Platziert ihre Hand genau neben ihre.

«Aber jetzt hängen wir doch auch bloß ab.»

«Das ist was anderes.»

«Und wieso?»

Weil du meinen ganzen Körper zum Kribbeln bringst. Weil ich von der Haut deiner Beine besessen bin. Weil deine Stimme und deine Haare und die Art, wie du mit den Achseln zuckst, absolut einzigartig sind.

«Weil du nicht Mekonnen oder die anderen bist.»

Lollo

LOLLO BLINZELT ZU Anna hinüber. Stimmt, in dem Punkt muss sie ihr definitiv recht geben, sie ist nicht Mekonnen. Aber was genau will sie ihr damit sagen? Annas Mund bleibt nach dieser Aussage verschlossen, es kommt kein «Du bist was Besonderes» oder «Ich mag dich» hinterher. Nur dieser geschlossene Mund, mit Sommersprossen auf der Oberlippe.

«Du bist auch nicht wie Mimmi oder die anderen.»

Aber mal absolut nicht, fügt sie in Gedanken noch hinzu.

«Davon war ich auch nicht ausgegangen.»

Annas Antwort klingt fast schon enttäuscht.

Sich mit Anna zu unterhalten, ist echt ganz schön mühsam. Bis eben lag ihre Hand auf ihrem Knie, das noch immer von der Berührung kribbelt. Wie Kohlensäure. Sie möchte Annas Hand dort wieder spüren, sie will Annas Sommersprossen mit ihrer nackten Haut erfahren. Doch Anna sitzt schweigend neben ihr, ja fast schon mürrisch.

«Ich meine das im positiven Sinn», erklärt Lollo. «Ich sitze viel lieber mit dir hier.»

Sie hatte gedacht, Anna würde sie vielleicht küssen. Also natürlich hatte sie es nicht genau so gedacht, in Worten, und sie hatte es sich auch nicht direkt ausgemalt. Aber jetzt, wo sie hier sitzen, wird ihr klar, dass es sie nicht weiter überrascht hätte. Schließlich ist Anna die Lesbe.

Anna küsst sie nicht. Aber zumindest lächelt sie bei

Lollos Worten. Sie stützt sich mit der Hand auf den Fels, genau neben die von Lollo. Wie zufällig richtet Lollo den Blick aufs Wasser. Und verschiebt ihre Hand.

Annas Hand ist so eine, die Netze auslegen und Knoten knüpfen kann. Die von Lollo kann vor allem Candy Crush spielen und Selfies machen. Unter ihren beiden Händen befindet sich der warme, raue Stein. Und jetzt berühren sie einander, Außenkante an Außenkante. Anna sitzt vollkommen regungslos da, nur ihre Atmung ist als winzig kleine Bewegung wahrzunehmen. Lollo atmet ebenfalls, jedoch schneller und heftiger, angesichts ihrer eigenen Courage. Sie lässt ihren kleinen Finger über den von Anna gleiten.

So wie sie es eigentlich von Anna erwartet hatte. Und jetzt ist sie selbst diejenige. Nun sind ihre beiden kleinen Finger ineinander verflochten, und Anna zieht ihre Hand nicht weg.

Stattdessen öffnet sie den Mund, so als wolle sie gleich etwas sagen. Dann schließt sie ihn wieder und blickt aufs Wasser hinaus. Lollo beäugt heimlich ihre Lippen. Wie geht das überhaupt, jemanden küssen?

Also natürlich nicht das Wie. Lollo wurde schon von drei verschiedenen Jungs geküsst, sie weiß, was sie mit ihrer Zunge zu tun hat. Aber wie genau macht man den Anfang?

«Wo befindet sich euer Haus eigentlich?», fragt sie, anstatt Anna zu küssen.

«So ziemlich in der Mitte.»

«Ich hab danach Ausschau gehalten.»

«Echt?»

Anna klingt erstaunt, vielleicht sogar geschmeichelt. Ihr kleiner Finger bewegt sich ein wenig, kaum merklich, aber doch gerade noch genug, dass Lollo spüren kann, dass ihre Hand lebendig ist.

«Man kann es nicht sehen, weil es hinter so vielen Bäumen versteckt ist», erklärt Anna. «Und außerdem ist es nicht so schön wie ... wie alle anderen Häuser hier. Aber ich werde es wieder herrichten.»

Es ist die Art und Weise, wie sie es sagt, die sie von allen anderen unterscheidet. Niemand sonst aus Lollos Freundeskreis würde je sagen, er wolle das Sommerhaus seiner Eltern renovieren.

«Zeigst du es mir?»

Ihre Stimme hat einen flirtenden Unterton. Wie sie mit einem Jungen flirten würde. Und eigentlich sollte Anna jetzt «Logo!» sagen und ihr dabei im besten Fall noch zuzwinkern. Doch sie schüttelt nur den Kopf, den Blick weiterhin aufs Meer gerichtet.

«Erst wenn's fertig ist.»

Lollo hatte ihren ersten Freund mit dreizehn, seitdem ist sie mit drei Jungen gegangen. Nummer eins hatte sie in einem Whirlpool geküsst. Nummer zwei in einem Kino. Und Nummer drei auf dem Sofa seiner Eltern. Dabei waren sie unterschiedlich geschickt vorgegangen. Einer hatte sich direkt auf sie gestürzt, und zwar in einem Tempo, dass er um ein Haar ihren Mund verfehlt hätte. Und einer von den beiden anderen hatte erst stundenlang ihre Haare und Wangen gestreichelt, bevor er endlich seine gespitzten Lippen auf ihre gedrückt hatte. Jetzt kann sie nachvollziehen, wie sie sich gefühlt haben müssen.

Anna sitzt so ungerührt und entspannt neben ihr, als würde sie nicht einmal bemerken, dass sie sich an den

Händen halten. Lollo linst vorsichtig zu ihr hinüber, studiert die Form ihrer Nase und die Haut auf ihrer Wange, prägt sich ihr Gesicht ein wie eine Landkarte. Und entdeckt bei der Gelegenheit einen Punkt an ihrem Hals.

«Du hast da was», sagt sie und lehnt sich zu Anna hinüber.

Hastig streicht sie seitlich über Annas Hals, ihr ganzer Körper prickelt von ihrem eigenen Mut und der Berührung, und schnipst den kleinen Punkt weg. Oder versucht es zumindest.

«Ist das ein Muttermal?»

Annas Hand fährt reflexhaft an ihren Hals.

«Shit, das ist eine Zecke!»

Das ist die Gelegenheit für Lollo, unter Beweis zu stellen, dass sie keine Angst vor Krabbeltieren hat, jedenfalls nicht wirklich. Andererseits gibt es ja wohl nichts Ekligeres als ein Spinnentier, das sich einem Menschen ins Fleisch gefressen hat. Sie betrachtet die winzige Zecke. Wenn man genau hinschaut, kann man sie mit den Beinen in der Luft zappeln sehen.

«Igitt, wie eklig.»

«Aber echt.»

«Wie willst du sie entfernen?»

«Muss ich zu Hause machen. Ich hab keine Fingernägel.»

Zum Beweis hält Anna ihre rechte Hand hoch. Lollo nimmt sie, als wolle sie die Richtigkeit dieser Aussage überprüfen. Ihre Hand ist schmal und kurzgliedrig. Die Nägel wurden genau entlang der Fingerkuppe abschnitten. Oder abgekaut.

«Soll ich's mal versuchen?», fragt Lollo, obwohl sie

durchaus darauf verzichten könnte, eine Zecke zu entfernen.

Andererseits kann man so ein ekliges Tier schlecht am Hals eines anderen Menschen sitzen lassen.

Sie bittet Anna, den Kopf zur Seite zu neigen. Dann nimmt sie den Kopf der Zecke mit Hilfe ihrer dank französischer Maniküre stabilen Fingernägel zwischen Daumen und Zeigefinger in die Zange und zieht daran. Die Zecke lässt sofort locker.

«Hey, du bist ja ein Profi!», sagt Anna. «Soll ich sie übernehmen?»

«Übernehmen» heißt bei Anna so viel wie «töten». Anna ist nämlich so ein Mensch, der Fische und Zecken tötet, Käfer hingegen rettet. Sie zerquetscht das millimetergroße Tier so lange zwischen ihren Nägeln, bis nur noch Matsch von ihm übrig ist.

«Man kann sie auch in den Trockner werfen», sagt sie. «Dummerweise habe ich keinen Trockner hier.»

Sie grinst. Lollo muss über die Vorstellung eines Trockners, der auf einer Insel aus Gestein und Möwendreck steht, lachen. Und dann küsst sie Anna.

Sie registriert jede einzelne ihrer Bewegungen. Wie sie die Hand hebt und sie Anna in den Nacken legt, sich ihr ein Stückchen nähert, und weiter nähert, durch den letzten Rest von Luft hindurch, der ihre Gesichter noch voneinander trennt. Sie spürt, wie sie diese Grenzen eine nach der anderen durchbricht.

Zuerst reagiert Anna überhaupt nicht. Sie wirkt wie gelähmt. Doch dann antwortet sie. Anfangs noch vorsichtig, dann scheint etwas in ihr zu erwachen. Sie wendet sich zu ihr um, schmeckt nach Meer und warmen Winden, ist ganz

Zunge und weiche Lippen, ist eine Hand auf ihrer Schulter und eine in ihrem Haar. Das Prickeln in Lollos Körper wird immer heftiger, lässt ihn förmlich erbeben, und übersteigt damit alles, was sie je empfunden hat. Denn Anna hat ihre Haut und Muskeln an sie gedrückt, und Anna ist einfach Anna.

Sie ist unbeschreiblich.

Anna

LOUISES HAUT WAR genau, wie sie es sich vorgestellt hatte. Allerdings hatte sie im Vorfeld ein paar Stellen gar nicht in Betracht gezogen. Die unterhalb von Louises Wange zum Beispiel, am Halsansatz, wo die Haut so traumhaft zart ist. Oder den Nacken mit dem dichten, weichen Flaum, oder ihre Armbeuge, wo sie noch eine kleine Extrafalte hat, die man so gut wie gar nicht sieht. Louise. Mit ihren schimmernden Haaren und dem bildhübschen Gesicht, diesem Körper, der sich stets auf der Sonnenseite des Lebens befunden hat, diesen Wimpern. Sie kommt ihr vor wie aus einem Film, und sie durfte sie küssen.

Sie kann kaum glauben, dass all das wirklich wahr sein soll, sie muss sich die Szene wieder und wieder in Gedanken rufen. Ihre Füße stapfen den Pfad hinauf, hoch zum Paradies, doch sie selbst befindet sich noch immer auf der winzigen Felseninsel, wo Louise mit ihren Fingern spielt. Hatte das tatsächlich Louise getan, oder war sie es womöglich selbst gewesen? Wie ist es denn überhaupt dazu gekommen, dass sie plötzlich Louises Unterlippe auf ihrer spüren konnte, wo war denn mit einem Mal der ganze Zwischenraum abgeblieben?

«Und, was hast du erstanden?», erkundigt sich ihr Vater.

Offensichtlich hat er Holz gehackt. Und weiße Bohnen warm gemacht.

«Was hab ich wo erstanden?»

«Na, was du im Laden erstanden hast?»
«Ach so.»

Sie verstummt für einen Augenblick, muss erst Louises Geschmack von der Zunge bekommen, bevor sie versteht, was er von ihr möchte.

«Ähm, bis zum Laden bin ich gar nicht gekommen.»
Ihr Vater mustert sie.
«Soso. Und was hast du stattdessen gemacht?»

Was sie gemacht hat? Allein der Gedanke an die Antwort jagt einen Schauer durch ihren Körper, und mit Sicherheit lächelt sie.

«Hab ein bisschen ... nach Seehunden Ausschau gehalten.»
«Aha. Und hast du welche entdeckt?»
«Einige. Sie sind geflogen.»

Sie muss loslachen. Ihr Vater starrt sie an, als hätte sie den Verstand verloren. In ihr regt sich der Impuls, ihm alles zu erklären, ihn in die fliegenden Seehunde einzuweihen und so ebenfalls zum Lachen zu bringen. Doch dann wäre es nicht mehr dasselbe.

«Das heißt, wir haben jetzt keine Butter mehr», stellt er daraufhin fest. «Wollen wir vielleicht flugs zusammen losfahren?»

Anna nickt.

Sie haben schon lange nichts mehr gemeinsam unternommen.

Sie ist froh, dass zur Abwechslung mal jemand anderes das Boot steuert. Um die Pinne festzuhalten, muss man die ganze Zeit halb nach hinten verdreht dasitzen, und für den Rücken ist das nicht besonders angenehm. Trotz seines Bandscheibenvorfalls bittet ihr Vater sie allerdings nie, das Steuern zu übernehmen. Wenn er fährt, kann sie einfach nur Passagierin sein. Noch vor einer Stunde war sie Kapitän.

Ihr Vater ist ein geübter Steuermann. Manche Bootsführer bringen ihr Boot regelrecht gewaltsam in die richtige Fahrtrichtung, andere fahren viel zu weit und müssen es dann wieder ausbremsen. Ihr Vater hingegen hat sein Boot stets voll im Griff. Gelegentlich sagt er, Bootsmotoren seien wie Frauen, man müsse auf ihre Signale hören und dürfe keine zu abrupten Kurswechsel vornehmen.

Anna muss dann jedes Mal an ihre Mutter denken.

Sie kommen eine Viertelstunde vor Ladenschluss an. Ihr Vater kauft Butter, Zigaretten, einen Laib Roggenbrot, Eier, Tubenschmelzkäse und eine Fleischwurst.

«Zwei Kronen fehlen noch», sagt der junge Mann hinter der Kasse, und ihr Vater packt sein breitestes Grinsen aus.

«Wollen wir da nicht ausnahmsweise fünfe grade sein lassen?»

Das ist sein Standardsatz in solchen Situationen.

«Wie bitte?»

«Zwei Kronen hin oder her ... Aber dann machen wir's doch einfach so», fährt er fort, als der junge Mann keine Miene verzieht. «Ich lad Sie auf 'ne Fluppe ein, und schon haben Sie Ihre zwei Kronen wieder drin.»

«Ich rauche nicht.»

«Sehr gut», erwidert ihr Vater. «Fangen Sie bloß nie damit an, es ist eine Pest!»

«Okay.»

Der ausdruckslose, blaue Blick des Mannes erinnert

Anna an irgendeinen Politiker aus dem Fernsehen. Ihr Vater seufzt.

«Na schön, dann nehmen Sie den Schmelzkäse halt wieder zurück. Eine Scheibe Fleischwurst wollen sie ja wahrscheinlich eher nicht, oder?»

«Menno, wo ich doch so gerne Schmelzkäse wollte», protestiert Anna.

Der Verkäufer wendet ihr seinen ausdruckslosen Blick zu.

«Ist schon in Ordnung. Vorhin hat jemand sein Wechselgeld liegenlassen, ich nehm es mir einfach von dort weg.»

«Das ist aber überaus entgegenkommend von Ihnen!», platzt es aus Annas Vater heraus, aber im Gegensatz zu ihr hört der Verkäufer die Ironie nicht heraus.

«Lassen Sie das mal nicht zur Gewohnheit werden», sagt er noch, als er den Beleg über den Ladentisch reicht.

«Blöder Schnösel!», faucht ihr Vater auf dem Weg zurück zum Boot. «Was glaubt der eigentlich, wer er ist?»

Der Motor springt beim ersten Versuch an. Wenn ihr Vater wütend ist, klappt es in der Regel besser.

«Was soll ich mir nicht zur Gewohnheit werden lassen? Schmelzkäse zu kaufen, der zwei Kronen zu teuer ist? Und wo ist eigentlich Olle abgeblieben?»

Olle ist der alte Mann, der dort seit Jahr und Tag im Laden steht. Letztes Jahr war er allerdings ganz schön am Husten.

«Zwei lächerliche Krönchen! Die er sowieso schon längst in der Tasche hatte, aber das interessiert wieder mal niemanden. Leute wie der, die kacken doch die Hunderter, der wollte sich ja bloß als Arschloch aufspielen!»

An seinem Hals haben sich rote Flecken gebildet, teilweise vom Bier und größtenteils vor Wut. Und vor Scham vielleicht. Anna jedenfalls schämt sich, obwohl sie ihm darin recht geben muss, zwei Kronen sind kein Grund zum Feilschen.

«Vielleicht hat ihm ja einer quergesessen», schlägt sie vor. «Einer von den Hundertern. Wie soll man denn bitte freundlich sein, wenn einem die Geldscheine im Allerwertesten feststecken.»

Ihr Vater hält in seiner Rage für ein paar Sekunden inne und bricht dann in schallendes Gelächter aus. In dieser Hinsicht ist ihr Vater recht einfach gestrickt, fast ein bisschen wie ein Dreijähriger. Man braucht bloß irgendwas mit Hintern zu sagen.

Sie bestreicht sich schon im Boot die erste Scheibe Brot, drückt den Schmelzkäse im Zickzackmuster aus der Tube und nimmt einen Bissen. Die Wärme, die am frühen Morgen über die Felsinseln gekrochen ist, hat sich schwül und schwer über den gesamten Schärengarten gelegt, doch vom Meer her weht ihr eine angenehme Brise ins Gesicht. Zusammen mit ihrem Vater in einem Boot, ein Butterbrot und dazu noch insgeheim geküsst zu sein. Es gibt wirklich Schlimmeres.

«Du wirst langsam richtig erwachsen», sagt ihr Vater. «Da ist so mancher junge Mann schon mal gern dazu bereit, zwei Reichstälerchen nachzulassen.»

Sie essen die Wurst mit gekochten Kartoffeln, die ihr Vater auf dem Spirituskocher zubereitet hat.

«Wie läuft's mit deinem Projekt?», erkundigt er sich. «Mit deiner Lampe, meine ich.»

«Scheinwerfer», berichtigt ihn Anna. «Ich hab noch nicht so viel dran gemacht.»

«Nee, ist klar, schließlich muss man auch nach Seehunden Ausschau halten», entgegnet er mit einem Zwinkern.

Er zieht sie auf, ohne so wirklich zu wissen, womit. Es funktioniert aber trotzdem. In Anna lodert etwas auf, Ärger oder Wut oder vielleicht auch die Erinnerung an Louises warme Zungenspitze. Das kann sie im Moment nur schwer orten.

«Fliegende Seehunde also», grinst ihr Vater.

Sein Grinsen ist kameradschaftlich, trotzdem hat er keine Ahnung von fliegenden Seehunden. Er macht sich über ihren gemeinsamen Scherz lustig, ausgerechnet er, ein alternder Mann mit roten Flecken am Hals, dessen Geld noch nicht mal für Tubenschmelzkäse reicht.

«Du kannst den Rest haben», sagt sie.

Sie dreht eine Runde über das Grundstück. Es ist an den Ecken mit kleinen, orangefarbenen Stäben abgesteckt, manche davon fast vollständig unter Farnen und Moosen verborgen. Dieser Baum gehört mir, denkt sie und fährt mit der Hand an dem rauen Stamm einer dicken Kiefer entlang. Dieser Stein gehört mir, und dieser Käfer ebenfalls. Nachdem sie ihren Rundgang beendet hat, hebt sie den Blick und betrachtet ihr Häuschen. Ihr Vater hat es mit seinem Kumpel eigenhändig erbaut. «Das zumindest kann hier auf der Insel sonst keiner von sich behaupten», pflegt er immer zu sagen, und Anna findet, dass man das sieht.

Das Haus ist genauso groß wie die Geräteschuppen ihrer Nachbarn, und größtenteils ist es dunkelbraun. Auf der

Hälfte der vierten Wand war ihnen die Farbe ausgegangen, und für den Rest hatte ihr Vater bei einem der Nachbarn welche organisiert. «Bin ja nicht blöd», hatte er gesagt. «Die meisten Leute haben massenhaft übrige Farbe rumstehen.» Und aus diesem Grund ist ein Teil des Hauses dunkelrot, im Übrigen derselbe, in dem sich auch das Rattenloch befinden soll.

So geht das nicht.

Sie betrachtet das Haus, und eigentlich war es ihr schon lange vorher klar, aber erst jetzt wird es so richtig plastisch. Die Farbe ist bis über die Fensterrahmen hinausgeflossen, eine Ecke wurde notdürftig mit kleinen Brettern geflickt, und das Dach leckt auch noch immer.

So kann sie das Haus Louise nie und nimmer präsentieren.

Lollo

LOLLOS LIPPEN KRIBBELN.

Das haben sie sonst nie getan, jedenfalls nicht so. Weder nach dem Kuss mit Carl noch bei Mickis oder John. Und jetzt kribbeln sie sogar so sehr, dass sie davon Gänsehaut auf den Armen bekommt. Sie betrachtet sie, diese feinen Härchen auf ihren Armen, die sich wie von selbst aufgestellt haben.

«Dir ist doch nicht etwa kalt?», lacht ihre Mutter.

Ihr schrilles Gelächter reißt Lollo aus ihren Gedanken an Anna. Im Besonderen aus der Erinnerung daran, wie Anna ihren Kuss erwidert hatte. Wie Anna sie zurückgeküsst und sie ihre weiche Zunge gespürt hatte. Wie sie die Hand gehoben und sie um Lollo gelegt hatte. Das Gelächter ihrer Mutter macht dieses Gefühl zunichte. Dazu noch das Klirren von Gläsern und Besteck, Peppes und Eriks blökende Stimmen, ihre Skål-Rufe.

«Skål! Ein Hoch auf den Juli, den einzigen Monat im ganzen Jahr, in dem man sich nicht in die Ferne sehnt und kein Mensch einen Finger krumm macht!»

Ihr Vater hat sein Glas erhoben und lächelt sein allerbreitestes Lächeln. Das ist sein typisches Geschäftsmannlächeln, Lollo hat es oft genug gesehen. Damit will er demonstrieren, was für ein superentspannter dufter Typ er doch ist. Und so überhaupt nicht gestresst.

«Abgesehen von Peter Scheele», wirft ihre Mutter ein.

Die Stimmung geht schlagartig in den Keller. Das Lächeln ihres Vaters erstarrt zu einer Maske, der Blick ihrer Mutter nimmt einen entschuldigenden Ausdruck an, und Peppe plappert zur eigenen Ablenkung drauflos.

«Aber ich weiß ja, dass du dich bemühst», fügt ihre Mutter leise hinzu, woraufhin Lollos Vater nickt.

Familie Scheele schlägt sich mehr recht als schlecht, denkt Lollo, während ihr Blick über die versammelte Runde wandert. Zwischen Baccarat-Gläsern und maßangefertigten Rattanmöbeln versuchen sie, die Fassade mit Ach und Krach aufrechtzuerhalten und die Familie vor dem endgültigen Auseinanderbrechen zu bewahren. Vollkommen vergebens.

«Ich hab dich gestern gesucht», sagt Erik.

Dabei hebt er die Augenbrauen, als hätte er ihr gerade eine wichtige und nur für sie bestimmte Mitteilung gemacht. Er sitzt ganz dicht neben ihr, auf dem Stuhl, auf dem eben noch ihre Mutter gesessen hatte, und Mimmi wäre völlig hin und weg davon, wie er sie unter seiner Frisur hervor anblickt.

«Ach echt?»

«Ich würde dir gern einen Ort zeigen, den ich entdeckt habe.»

Lollo muss an den Ort, an dem sie gestern war, denken. An das Wasser rings um sie herum, die auf den Wellen schaukelnden Möwen, und an den Wacholderstrauch, der ihr Boot festhalten musste. Der ganze Felsen war voller Vogeldreck, und trotzdem könnte es keinen schöneren Ort für sie geben. Sie muss daran denken, wie Anna *Louise* zu ihr sagt.

«Du kannst ihn ja Peppe zeigen», erwidert sie.

Erik lächelt unbeirrt.

«Ich meine aber einen ganz besonderen Ort. Eher einen für eine Dame.»

Lollo nickt.

«Dann will ich mal hoffen, dass sich eine Dame findet, der du ihn zeigen kannst.»

«Autsch!» Erik fasst sich an die Brust, so als hätte sie ihm gerade das Herz gebrochen.

Louise, hört sie Anna in ihrer Erinnerung sagen, und das i hat einen ganz besonderen Klang.

«Du weißt ja», sagt ihr Vater mit einem scherzhaften Ton in der Stimme. «Wenn wir Erik zum Schwiegersohn bekommen, haben wir trotz allem noch eine Chance.»

Was denn für eine Chance?, will er jetzt von ihr hören.

«Was denn für eine Chance?», fragt Erik.

«Na, im Wasserskifahren. Wie wir alle wissen, ist Peppe in dieser Hinsicht ja ein hoffnungsloser Fall.»

Ihr Vater schielt zu Peppe hinüber, und der grinst zurück.

«Wenn wir aber jetzt das Glück haben, deine Gene in unsere Familie zu bekommen, und eure Nachkommen bandeln tunlichst auch wieder mit einem begnadeten Wasserskiläufer an, dann haben wir Scheeles vielleicht doch noch eine reelle Chance auf die Schwedischen Wasserski-Meisterschaften 2060.»

Seine hirnlose Argumentation lässt sogar ihre Mutter loskichern. Erik wirft die Arme mit einem lässigen Grinsen hinter sich, als gehöre die Sitzgruppe bereits zur Hälfte ihm, woraufhin Peppe darauf hinweist, dass Lollos und Eriks Kinder mit Nachnamen Rantzer heißen werden, und nicht Scheele. Lollo würde vor allem mal interessieren, was genau Erik getan hat, dass ihr Vater ihn plötzlich als künftigen Schwiegersohn willkommen heißt. Vielleicht erinnert er ihn schlicht und ergreifend an sich selbst.

Anna will sie heute Abend an einen besonderen Ort mitnehmen. «Natürlich nur, wenn du Lust hast», hatte sie gesagt und ihr mit dem Daumen am Arm entlanggestrichen. Um acht Uhr wollen sie sich treffen, gegenüber vom Steg.

Warum haben sie sich eigentlich erst so spät verabredet? Es ist gerade mal halb fünf, und sie könnten schon längst zusammen in einem schaukelnden Boot sitzen. Sie könnten nebeneinanderliegen und gemeinsam zu den Möwen hinaufschauen, während ihre Finger miteinander spielten und einander hielten, sie könnten sich die Gesichter zuwenden, so dass ihre Nasen sich berühren.

Stattdessen isst sie Nachtisch. Ihre Mutter lächelt, allerdings nur mit dem Mund, ihr Lächeln traut sich nicht hinauf bis zu den Augen.

«Lecker, was, Loppan?»

Lollo kratzt schweigend mit dem Löffel den Glibber zusammen, den ihre Mutter als Kirschkompott bezeichnet. In Kombination mit Eis schmeckt er aber eigentlich sogar richtig gut, was sie jedoch für sich behält.

«Ich habe mit Lotte gesprochen», fährt ihre Mutter fort, diesmal jedoch an die gesamte Tischrunde gerichtet. «Sie und Alexander haben uns für heute Abend auf ein paar Häppchen zu sich eingeladen.»

Lollos Vater gibt einen zustimmenden Laut von sich, Peppe will wissen, wer jetzt schon wieder Lotte ist. Lollo horcht in ihren Körper hinein, welchen Teil sie davon vorschieben könnte, damit sie zu Hause bleiben kann. Am besten, sie lässt sich irgendwas richtig Unappetitliches einfallen, damit Erik nicht am Ende noch dableiben und sie pflegen will.

«Na, Lotte eben», sagt ihre Mutter zu Peppe. «Dunkle Haare und so ein bisschen faltige Augenlider. Wir haben uns auf der Fähre mit ihnen unterhalten.»

«Klasse!», wirft jetzt Lollos Vater ein. «Das ist das Besondere an einem Sommerhaus in den Schären. Hier entwickelt sich sofort ein gewisses Zusammengehörigkeitsgefühl.»

Lollos Mutter pflichtet ihm bei und zählt sofort noch eine Reihe weiterer Namen von Frauen auf, von denen Lollo noch nie zuvor gehört hat. Marie, Elenor, Christine, eine netter als die andere, wie es scheint, und zu jeder wird gleich der dazugehörige Männername mitgeliefert. Die müsse man unbedingt mal zu einem «einfachen, aber geselligen Beisammensein» zu sich einladen, um sie besser kennenzulernen. Dass Anna und ihr Vater nicht zu diesem Kreis gehören, versteht sich von selbst, auch wenn sie ebenfalls auf dieser Insel wohnen.

«Und der alte Knacker, was ist mit dem?», wirft Peppe feixend ein, so als hätte er ihre Gedanken gelesen. «Dieser Alki, der unser Boot repariert hat.»

Seine Mutter schenkt ihm nur einen kurzen Blick, doch sein Vater muss lachen.

«Ja, das würde mit Sicherheit Stimmung in die Bude bringen!»

«Und was erst die Nachbarn dazu sagen würden», grinst Peppe weiter.

Er imitiert eine, wie Lollo glaubt, ältere Frau, die plötzlich etwas unheimlich Ekelhaftes erblickt. Seine Mutter verzieht amüsiert den Mund, Erik prustet los.

«Ja, mach das!», johlt er. «Lad den Alki dazu ein und verrat niemandem, dass es ein Scherz ist! Mach das unbedingt! Man wird euch dafür exkommunizieren, aber das ist die Sache wert!»

Lollo sagt nichts dazu, sondern lässt lediglich ihren Blick von einem zum anderen wandern, um zu sehen, ob sich wirklich alle über Annas Vater lustig machen. Ihr Vater gluckst vergnügt, ihre Mutter kichert, und Peppe ist sein hässliches Grinsen wie ins Gesicht tapeziert.

«Ich glaube im Übrigen sowieso nicht, dass er hier wohnt», sagt ihre Mutter. «Er ist bestimmt so eine Art Hausmeister.»

Lollo zwingt den letzten Rest Kirschkompott in sich hinein. Mit einem Mal schmeckt es nur noch eklig.

Anna

LOUISE, LOUISE, LOUISE.

Der Name beginnt als eine Begegnung zwischen ihrer Zunge und dem Gaumen gleich oberhalb der Zähne. Anschließend wird er rund im Mund, dann klein. Er endet mit einem Zischen, vielleicht auch einem Lockruf, je nachdem, wie man sich das s vorstellen will. Und zum Schluss kommt noch ein Hauchen. L-o-u-i-s-e. Sie zieht das i noch einmal extra in die Länge, Louiiiise. Über ihrem Kopf hämmert der Kleiber gegen einen Ast. Hack. Hackhack. Hack. Der Ast war im Frühjahr bei einem Sturm abgebrochen, bestimmt ist er voller fetter Larven. Anna und der Kleiber verleben eine herrliche Zeit, allerdings auf ganz unterschiedliche Weise.

«Wer ist Louise?»

Anna zuckt so heftig zusammen, dass sie Schluckauf bekommt. Wie konnte ihr Vater sich so lautlos anschleichen? Und wie lange sitzt er überhaupt schon dort?

«Was?»

«Soll das der Vogel sein?»

«Mhm.»

«Louise, der Kleiber. Wie prosaisch.»

«Mhm», macht Anna erneut, ohne so richtig zu wissen, was prosaisch bedeutet.

Sie meint jedoch, es heißt in etwa so viel wie banal.

«Dann heißt der Specht aber Lennart», fährt ihr Vater fort.

Anna lacht, damit er nicht denkt, sie wäre schlecht drauf. Sie könnte jetzt einen Kommentar über das Rotkehlchen machen, und daraufhin könnten sie beide einfach weiter über die Möwen, Seeschwalben und Schwarzspechte witzeln, doch ihr ganzer Kopf ist mit Louise angefüllt. Sie braucht ihm ja nicht gleich von Louises traumhaft warmer Haut zu erzählen oder wie sie von den Wassertropfen glänzt, wenn sie beide in Unterwäsche baden. Sie kann ja von den mehr prosaischen Dingen berichten.

«Louise ist eine von den Nachbarn. Ist mir nur irgendwie im Gedächtnis hängengeblieben, ihr Name, meine ich.»

Ihr Vater grunzt.

«Und von welchen Nachbarn genau?»

«Von denen mit der Stingray.»

«Ach, die Lackaffen mit dem Besteck.»

«Wir essen ja wohl auch mit Besteck», entgegnet Anna, obwohl sie ganz genau weiß, worauf er abzielt.

Noch dazu hatte sie ihm das mit den doppelten Gabeln ja selbst erzählt.

Ihr Vater nimmt einen Schluck von seinem Bier und blickt hoch zu dem Kleiber. Anna folgt seinem Beispiel, heftet den Blick auf den kleinen Kopf, der dort oben unermüdlich gegen die Borke klopft. Was könnte sie ihm von Louise sonst noch erzählen, ohne dabei ihre Lippen oder die Form ihrer Beine zu erwähnen?

«Sie war auch unten am Wasser», berichtet sie. «Also haben wir uns ein bisschen miteinander unterhalten.»

«Und über was?»

«Über alles Mögliche. Sie haben ihr Haus dieses Frühjahr gekauft.»

«Verstehe.»

«Und in Spanien haben sie noch eins.»

Ihr Vater schnaubt.

«Nobel, nobel! Aber schon verständlich, dass man sich in Spanien gern noch eine zweite Option offenhält. Falls man mal richtig Urlaub machen will!»

Sie hört genau, welches Bild seine Stimme von Louise zeichnet. Nämlich das einer verwöhnten Bonzengöre, die stets das neueste Tablet hat und braun gebrannte Haut vom letzten Urlaub im Süden.

«Sie ist aber nicht wie die anderen», entgegnet sie. «Nur ihre Familie sind die letzten Snobs.»

Ihr Vater grunzt erneut. Er schlürft den letzten Rest Bier aus seiner Dose und lässt sich auf den Rücken sinken. Sie ist sich nicht sicher, ob er ihr überhaupt noch zuhört.

«Sie ist witzig», sagt sie. «Wir wollen uns heute Abend vielleicht treffen.»

Die Andeutung erfüllt ihre Brust mit allem, was ist. Beinahe so, als würde sie ihm die ganze Wahrheit erzählen. Ihr Vater blinzelt zu dem Kleiber im Baum hinauf.

«Und der Eichelhäher», sagt er, «der soll Herbert heißen.»

Fünf vor acht verlässt Anna das Paradies.

«Wohin gehst du?», fragt ihr Vater.

«Ich treffe mich doch mit Louise.»

«Louiiise», äfft ihr Vater sie nach.

«Tschüss.»

Wenn sie Louise mit nach Hause bringen würde. Wenn sie zu dritt beisammensitzen und Würstchen grillen würden, sie und ihr Vater und Louise, dann würde er nicht mit einer solchen Stimme sprechen. Dann würde er verstehen, dass Louise nicht so ist wie all die anderen Bonzenkinder hier auf der Insel, sondern authentisch. Ihr Vater würde Louises Augen sehen, wie sie sich verengen und diesen ganz speziellen Ausdruck annehmen, und wenn Louise nicht von allein mit ihren Scherzen über fliegende Seehunde anfangen würde, dann würde Anna sie ihrem Vater eben alle selbst erzählen, damit er es versteht.

Louise steht auf der obersten Stufe der Holztreppe und ist real. Nicht dass Anna sie für einen Traum gehalten hätte, aber wo sie jetzt dort steht, ist sie auf einmal derart real, dass Anna sie förmlich in ihren Fingern spüren kann. Ob sie sie einfach sofort küssen soll? So als wären sie ein Paar ... aber sind sie denn eines? Soll sie auf ihre Beine hören und das letzte Stück rennen, oder sie lieber in ihre Schranken weisen und den Rest besonnen gehen? Sie entscheidet sich für Letzteres. Und bleibt ein paar Meter vor Louise stehen.

«Hallo», begrüßt Louise sie.

«Hi», erwidert Anna.

Louises Stimme klingt ganz normal, Annas hingegen, als wäre sie krank.

«Also, ich dachte, wir könnten zur Ryssviken gehen», sagt sie und versucht, die Luftblase wieder loszuwerden, die sich irgendwo in ihrer Kehle festgesetzt hat.

Vielleicht fühlt es sich aber auch bloß so an.

«Okay.»

«Es ist ziemlich schön dort.»

«Okay.»

Der Weg durch den Wald gleicht einem Tunnel. Von beiden Seiten her neigen sich die Bäume über sie und lassen das einfallende Sonnenlicht grün schimmern, sie spenden abwechselnd Schatten und blenden sie, geben ihnen Deckung. Sie befinden sich auf Gemeindeflur, im Umkreis von hundert Metern wohnt hier bestimmt niemand. Anna schlenkert mit den Armen, so dass ihre Hand wie zufällig die von Louise streift, doch Louise greift nicht danach. Sie geht einfach ungerührt weiter, dabei muss sie die Berührung doch gespürt haben.

Um ihre Verlegenheit zu überspielen, beginnt Anna vor sich hin zu summen, so als hätte sie bloß aus schierer Lebenslust mit den Armen geschlenkert. Es klingt alles andere als beschwingt. Sie räuspert sich.

«Hier gibt es Schlangen.»

Louise stockt mitten im Schritt, ihr kurzes Zögern ist gerade noch wahrnehmbar.

«Wirklich?»

Anna nickt.

«Allerdings erst weiter oben an der Wiese. Man sieht aber immer nur ihren Schwanz, weil sie sofort abhauen, sobald sie einen sehen.»

«Wieso ihren Schwanz? Schlangen bestehen doch nur aus Schwanz?»

«Aber Köpfe haben sie ja wohl auch.»

«Na, dann sind es meinetwegen eben Schwänze mit Augen.»

Anna spart sich die Erwiderung, dass Schlangen auch Mägen, Därme und Rippen besitzen, was man von Schwänzen definitiv nicht behaupten kann.

«Stell dir mal vor, Schlangen wären tatsächlich nur

Schwänze», fährt Louise fort. «Also von echten Tieren. Stell dir vor, jedes Mal beim Töten eines Tieres hätte sich dessen Schwanz abgelöst und wäre davongekrochen, und deshalb gäbe es überhaupt erst Schlangen.»

Die Vorstellung ist ulkig. Und sie erinnert Anna an etwas.

«Meine Oma hat mir früher immer Märchen erzählt, zum Beispiel vom Bär, der seinen Schwanz verloren hat», sagt sie. «Du bist ein bisschen wie sie.»

«Ich bin wie deine Oma?»

«Ein bisschen schon.»

«Du meinst wohl genauso runzlig?»

Louise bleibt stehen und sieht Anna mit zusammengekniffenen Augen an.

«Kann man die Falten um meine Augen etwa sehen?»

Ihre Augen haben einen unbestimmten hellen Ton, eher grün als blau, ein bisschen braun auch. Beim Lächeln werden sie sofort ganz schmal, und beim Lachen sind sie fast nur noch Schlitze. Anna sieht ganz tief hinein und verliert sich darin.

«Hm», erwidert sie.

«Ja, ich weiß, vor allem jetzt im Sommer. Ich muss mir unbedingt eine Antifaltencreme besorgen. Damit wäre ich dann offiziell die Jüngste in der Weltgeschichte.»

«Nein», sagt Anna, als sie endlich wieder mitbekommt, was Louise zu ihr sagt. «Musst du nicht. Ist doch gut so.»

Sie hätte lieber sagen sollen: Stimmt nicht, du hast überhaupt keine Falten! Doch Louise lächelt nur, hebt die Hand und streicht ihr über die Schläfe.

«Du hast auch Falten.»

Anna weiß nicht, was sie darauf antworten soll. Louises

Fingerspitzen berühren noch immer ihre Stirn, und der Weg duftet nach verborgenen Walderdbeeren und warmen, noch unreifen Blaubeeren.

«Ich schätze mal, das gehört zu unserer Haut dazu», sagt sie.

Sie gehen weiter. Louise nimmt sie noch immer nicht bei der Hand, aber das ist okay. An ihrer Schläfe hat sie gespürt, was sie spüren musste.

«Wohin gehen wir eigentlich?»

Anna nickt den Berg hinauf.

«Hoch.»

Lollo

DER WEG AUF DEN BERG kommt ihr vor wie im Märchen. Überall dort, wo sich die Farne unter den Fichten und Kiefern hervorrecken, wird deren sattes Grün von einem noch leuchtenderen Grünton durchsetzt. An einer Stelle liegt eine Ansammlung von Felsblöcken, ganz als hätten die Riesen hier Murmeln gespielt und irgendwann wieder die Lust verloren.

An ihrem Handrücken und den Knöcheln von Zeige- und Mittelfinger kann sie noch immer Annas Berührung spüren. Wäre sie darauf vorbereitet gewesen, hätte sie ihre Hand gelassen, wo sie war, und sie würden längst Hand in Hand weitergehen. Das hätte sie doch, oder nicht? Oder war sie etwa gar nicht unvorbereitet, sondern einfach nur feige? Wer weiß, wer sie hier draußen alles beobachtet, zwischen den Fichtenzweigen hindurch und durch die Lücken im Farn?

Das letzte Stück Steigung ist ziemlich steil, und der Weg hat sich inzwischen zu einem schmalen Pfad verengt. Anna kraxelt voran. Sie müssen sich an knorrigen Wurzeln und Moospolstern festhalten, damit sie überhaupt hinaufkommen. Und mit einem Mal eröffnet sich ihnen der Ausblick. Tief unter ihnen beginnt das Meer und erstreckt sich von dort bis zum Horizont und weiter. So weit das Auge reicht, sprenkeln Inseln und Felsen das Wasser.

«Boah!»

«Genau darum besitzt man in den Schären ein Sommerhaus», verkündet Anna. «Um auf Wasser zu schauen.»

Sie treten auf den Felsvorsprung hinaus und setzen sich vorn an die Kante. Nur ein kleines Stückchen weiter, und sie würden über den Rand nach unten purzeln, zehn Meter in die Tiefe stürzen und auf den runden Ufersteinen zerschellen. Anna streckt die Beine in die Luft, gefährlich weit über den Abgrund.

«Meine Füße sind frei!», stellt sie mit einem Strahlen fest.

Ihr Gesicht erzählt so vieles über sie. Wahrscheinlich ist sie sich dessen selbst gar nicht bewusst, aber durch ihre Nase und das kleine Kinn ist ihr Gesicht einzigartig, ihre Augen verraten alle möglichen Dinge über sie, und ihr Lächeln macht einen durch und durch glücklich. Von daher müsste sich doch eigentlich jeder wünschen, mit Anna zusammen zu sein, schließlich verpassen sie doch was, denn neben ihr sitzt einzig und allein Lollo. Sie erinnert sich noch genau an das Gefühl, wie es war, den Wall aus Luft zwischen ihnen beiden zu durchbrechen, ihre Lippen kribbeln bei der Erinnerung. Doch Anna hat sich längst dem Meer zugewandt. Aber genau darum ist man schließlich hier, hat sie gesagt, um aufs Wasser zu schauen, und damit hat sie vermutlich recht.

«Ich frage mich, weshalb schaut man eigentlich so gern aufs Meer?», überlegt Lollo.

«Weil's schön aussieht?»

«Ja schon, aber ich frage mich halt, weshalb man es denn so schön findet. Warum genau findet man, dass Wasser hübsch aussieht, und je mehr davon, umso besser?»

«Hm. Das ist in der Tat seltsam. Oder warum man einen ganz bestimmten Menschen schön findet.»

Anna blickt sie bei den Worten zwar nicht an, Lollo denkt aber trotzdem, dass damit sie gemeint sein könnte. Der Gedanke durchspült sie wie eine Woge.

«Ja, oder warum man manche Dinge hässlich findet», erwidert sie. «Warum findet man Spinnen beispielsweise hässlich und Katzenbabys dafür süß? Das ist doch alles nur ... Anschauungssache.»

So redet sie normalerweise nie. Weder mit ihrer Mutter noch mit Peppe, das sowieso nicht, aber auch nicht mit Mimmi oder Douglas. In Annas Gegenwart hingegen öffnet sie einfach den Mund und ihre Gedanken strömen heraus. Das passiert sonst nie.

Fünf Minuten später liegt Annas Hand auf ihrem Bein, ihre eigene auf Annas Rücken. Wie sie dort hingekommen sind, ist ihr schleierhaft, aber wahrscheinlich ist es gleichzeitig passiert, wahrscheinlich ziehen sie einander an wie Magnete. Sie fährt mit den Fingern an Annas Wirbelsäule entlang, ertastet jeden einzelnen ihrer Wirbel, von denen sie lediglich der dünne Baumwollstoff von Annas T-Shirt trennt. Sie muss daran denken, wie sie mit Carl zusammen war, wie er ihr ständig die Hände unter den Pulli schieben wollte, und wie sehr sie das nun selbst gern will. Ihre Hand wandert über Annas Rücken, ihre Taille, den Bauch, die Brust, wenn es nun keine Kleider gäbe, sie nun miteinander alleine wären. Jetzt küsse ich sie, denkt sie gerade, als Anna sich zu ihr herüberbeugt und sich ihre Lippen berühren.

Sie kann nicht sagen, wie lange es dauert. Zehn Minuten? Oder dreißig? Denn plötzlich existiert das Meer und auch der Berg nicht mehr, nur noch Anna, die ihren schmalen Körper samt Wangen und Nase an sie drückt und die nach Feuer duftet, Anna, die in jeder kurzen Atempause ihren Blick sucht, und gleich darauf wieder ihre Lippen und die Zunge. Nur noch Anna, die nach Anna schmeckt und ihr unter die Haut geht. Oder dauert es tatsächlich eine ganze Stunde, bis sie endlich begreift, wo sie sich befinden?

Da jedenfalls hört sie die Stimmen.

Sie dringen vom Pfad herauf, und sie kommen näher. Als hätte sie sich die Finger verbrannt, lässt sie Anna los und schüttelt ihre Hand ab.

«Shit!»

Anna dreht sich um. Lollo kauert sich in sich zusammen, hofft auf die Deckung eines Busches hinter sich oder doch wenigstens einen buschigen Blaubeerstrauch, und dass es bitte nicht ihre Eltern sein mögen.

«Wer ist es?»

«Weiß nicht. Irgendwelche Nachbarn.»

«Aber doch hoffentlich nicht meine Eltern?»

«Glaub nicht.»

Lollo atmet erleichtert auf. Streckt den Rücken durch und schielt zu dem unbekannten Paar hinüber, das in zehn Metern Entfernung an ihnen vorbeispaziert. Plötzlich spürt sie Annas Blick auf sich.

«Ja und?», fragt Anna.

«Was, ja und?», erwidert Lollo, obwohl sie ganz genau weiß, worauf Anna hinauswill.

«Was wäre so schlimm daran, wenn es deine Mutter gewesen wäre?»

«Na ja ... also ...»

Etwas Besseres fällt ihr dazu spontan nicht ein. Anna blickt sie mit zusammengekniffenen Augen an. Nicht wütend, aber auch nicht gerade glücklich.

«Hast du ihnen erzählt, dass wir beide ... zusammen abhängen?»

Sie möchte nicht, dass Annas Augen so sind. Sie sollen voller Neugier sein, sollen ihr neue, ihr noch unbekannte Dinge über Anna erzählen. Doch jetzt blicken sie eher abwartend drein.

«Müssen sie es denn unbedingt wissen?», entgegnet sie.

Sie hört selbst, wie angespannt ihr Tonfall klingt.

«Mein Vater weiß es.»

«Ja, aber er ist ja auch ein ...», setzt Lollo an, unterbricht sich jedoch selbst.

Sie weiß ja noch nicht einmal, was sie eigentlich sagen wollte. Etwa: *Aber er ist ja auch ein Alki? Im Gegensatz zu anderen hat er wohl kaum einen Ruf zu verlieren?*

«Was denn? Was ist er?»

Sie kann nicht antworten und gleichzeitig Anna in die Augen sehen. Sie kann nicht denken, solange Anna sie mit diesem Blick ansieht. Also schaut sie stattdessen aufs Meer.

«Er ist doch bestimmt viel lockerer drauf als meine Eltern», beendet sie ihren Satz.

«Meinst du?»

Annas Stimme klingt schon wieder wesentlich sanfter. Zur Bekräftigung ihrer Worte nickt Lollo.

«Meine sind total gestört.»

«Ach ja?»

«Ja, meine Mutter zum Beispiel. Sie hat doch tatsächlich getrocknete Blumen gekauft, um sie an die Küchenwand zu hängen. Gekauft! Obwohl sie direkt vor ihrer Nase aus der Erde wachsen, aber das war ihr natürlich nicht genug Shabby Chic.»

«Okay.»

«Und dann ist sie ständig am Rumnörgeln. Willst du in dieser Aufmachung tatsächlich das Haus verlassen? Leg jetzt endlich das Handy weg! Sieh mich an, Loppan, sieh mich bitte an! Und außerdem lebt sie in dem Glauben, sie wäre noch zwanzig.»

Lollo schaut vorsichtig zu Anna hinüber, die sie betrachtet. Jetzt ist der Ausdruck in ihren Augen wieder da. Für einen Moment hält sie Lollos Blick mit ihrem fest, dann richtet sie ihn wieder in die Ferne.

«Mein Vater redet dafür die ganze Zeit davon, er wolle unser Dach reparieren. Tut er aber nicht.»

Lollo versucht, Anna mit einem Lächeln zu signalisieren, dass sie sie versteht. Dass sie auf ihrer Seite ist und ihren Vater nicht für einen Alki hält. Und dass es ihr nicht das Geringste ausmacht, wenn man sie beide zusammen sieht.

«Wo liegt denn nun euer Haus?»

Anna schließt die Augen und hält das Gesicht in die Sonne. Lollo blickt sich blitzschnell um, dann küsst sie Annas sommersprossige Wange.

«Ihr wohnt doch hier auf der Insel, oder?»

Anna

HINTER IHREN AUGENLIDERN ist die Welt rot. Wahrscheinlich vom Blut, das man leuchten sehen kann, wenn die helle Sonne auf die geschlossenen Lider fällt. Oder einfach vom Fleisch der Augenlider. Unter Louises Kuss wird ihre Wange weicher, und auch ihre Frage klingt gleich nicht mehr so hart.

«Ich zeige es dir, sobald es fertig ist», antwortet sie und öffnet die Augen. «Ich muss vorher noch ein paar Dinge in Ordnung bringen.»

Genauer gesagt müssen folgende Dinge her: Ein neues Haus. Ein Rasen. Eine von dem ganzen alten Schrott befreite Senke, und zwei große Töpfe mit lila Blumen darin. Sie hat eine ganz konkrete Vorstellung davon, wie alles aussehen soll, wenn Louise es zu Gesicht bekommt.

«Und warum nicht gleich?»

Anna schüttelt den Kopf. Sie muss an ihren Vater denken, der vermutlich immer noch in seinem Klappstuhl sitzt, mit einer Kippe zwischen den Zähnen und zehn auf dem Boden. Die rostigen Stühle wird sie ebenfalls austauschen. Und sie brauchen einen ordentlichen Tisch.

«Das geht jetzt nicht.»

«Hast du dort noch ein anderes Mädchen versteckt?»

Anna lacht auf. Können sie nicht endlich mal damit aufhören, von ihrem Haus zu reden? Sie sieht sich um, und ihr Blick bleibt an einem Wacholderzweig hängen.

«Ich schenk dir was», sagt sie.

Louise folgt Anna mit den Augen, als sie von dem Felsvorsprung aufsteht und zu dem Wacholderstrauch hinübergeht.

«Was machst du?»

Anna holt ihr Taschenmesser heraus und schneidet den Zweig direkt unterhalb einer Gabelung ab. Das Holz ist an der Stelle ziemlich dick, und sie muss mit der Hüfte dagegenhalten.

«Riech mal», sagt sie und hält Louise das frische Holz unter die Nase. «Wacholder.»

«Wo hast du denn jetzt das Messer her?»

Anna klopft auf ihre Hosentasche.

«Na, von da. Eine Taschenlampe hab ich auch dabei. Ganz mini.»

«Bist du bei den Pfadfindern oder so was in der Art?»

Anna lacht. Irgendetwas will ihr Louises Gesichtsausdruck über Pfadfinder mitteilen, sie weiß bloß nicht, was.

«Bin nur schon gewappnet für den Untergang.»

«Ach ja, richtig. Wenn wir den Dachsen ans Leder müssen. Hast du etwa vor, sie mit dem Ding da zu erlegen?»

Anna mustert ihr Messer. Damit könnte man vermutlich nicht mal eine Ratte töten, aber zum Schnitzen taugt es allemal. Sie schält die Borke von dem Holz und entfernt die beiden abgehenden Zweige gleich oberhalb der Gabelung. Anschließend rundet sie die beiden oberen Enden ab, während sie das untere Ende anspitzt. Louise setzt sich hinter sie, ihre Brust ganz dicht an ihrem Rücken. Dann verfolgt sie über ihre Schulter hinweg, wie sie das Holzstück mehr und mehr seiner selbst beraubt. Was es nicht gerade leichter macht, sich zu konzentrieren. Als sie kurz vor der Vollendung ist, küsst Louise sie aufs Ohr.

«Wie konzentriert du bist.»
«Damit ich mich nicht schneide.»
«Nein, so meine ich das nicht ... das ist schön.»

Ihre Worte erfüllen Anna mit Wärme. Dass es schön sei, wenn sie sich konzentriert, ist möglicherweise das beste Kompliment, das sie je bekommen hat.

«Hier», sagt sie.

Das Herz ist ihr etwas länglich geraten, mit einer knubbeligen Mitte, man erkennt es aber trotzdem. Und es duftet nach Wacholder. Sie legt es in Louises offene Hand. Vielleicht gefallen Louise derartige Dinge aber auch gar nicht, vielleicht fällt ja genau so was in die Kategorie Shabby Chic?

«Danke», antwortet Louise und streicht mit dem Zeigefinger ihrer anderen Hand über das Herz. «Es ist wunderschön.»

Anna weiß nicht, was sie darauf erwidern soll. Danke kann sie ja nun schlecht sagen, wo doch Louise schon danke gesagt hat. Oder soll sie vielleicht mit bitte antworten? Oder Louise einfach leidenschaftlich küssen? Sie legt ihr zumindest schon mal die Hand in den Nacken und krault sie ein wenig.

«Das ist Wacholder», erklärt sie erneut. «Deshalb riecht es so gut.»

Als sie den Berg wieder hinuntersteigen, ist es bereits dunkel. Louise leuchtet mit ihrem Handy den Weg, Anna mit ihrer Taschenlampe, und sie halten einander beim Gehen fest, damit sie nicht strauchen. Eigentlich ist es fast der beste Moment des ganzen Abends. Louise kommt nämlich ins Stolpern und muss daraufhin kichern, woraufhin sie selbst ebenfalls zu kichern beginnt, und da platzt irgendwie der Knoten. Sie gehen weiter bis zum Fuß des Berges, Arm in Arm und Louises runde Hüfte an ihre etwas knochigere gedrückt. Als sie wieder ebenen Boden unter den Füßen haben, zieht Anna Louise zu sich heran, nun ohne auch nur eine einzige Sekunde darüber nachzudenken. Auf Louises Gesicht zeichnet das Mondlicht weiche Schatten, und ihre Lippen sind ihr längst nicht mehr fremd. Sie kennt sie inzwischen, und als sie den Mund öffnet, weiß sie bereits, wie Louise sie mit ihrer Zunge empfangen wird.

So ist das nämlich, wenn man eine richtige Freundin hat.

Es ist bereits nach Mitternacht. Eine Eule leistet ihr auf dem Heimweg Gesellschaft, genau wie die heisere Ringeltaube. Als sie in den Pfad zu ihrem Haus einbiegt, überlegt sie, dass dort Fliederbüsche hübsch wären. Einer auf jeder Seite, und ein gepflasterter Weg. Hier, könnte sie dann mit einer ausladenden Armbewegung zu Louise sagen. Hier wohnen wir.

Sachte öffnet sie die Tür, damit diese nicht knarrt. Drinnen wird sie vom Schnarchen ihres Vaters und seinen herumliegenden grauen Socken empfangen. Seine nackten Zehen lugen aus dem Bett hervor, und mit einem Arm liegt er halb auf dem Boden.

Sie lässt sich auf ihr Feldbett fallen. Die Federung ist in der Mitte schon ziemlich durch, und sie kippt leicht nach hinten. Bis auf das durch das Fenster einfallende Mondlicht ist es dunkel, nur schemenhaft kann sie den Ofen, den Besen und eine Suppenkelle an der Wand erkennen.

Es riecht schwach nach einer Mischung aus Holz, Ofen, Bier und Zigarettenrauch, jenem Duft, aus dem das Paradies besteht. Ihre Lippen fühlen sich noch ganz taub an.

Sie strotzt nur so vor Tatendrang. Sie könnte auf der Stelle aufs Meer hinausfahren und dort ein Netz auslegen. Das Dach reparieren oder einen Riesenschwung Holz hacken. Ihre Energie ist unerschöpflich, sie will einfach kein Ende nehmen, denn jede Minute in Louises Gegenwart gibt ihr neue Kraft.

«Willst du gar nicht schlafen?»

Die Stimme ihres Vaters klingt kratzig und schläfrig. Sie hat gar nicht bemerkt, wann er zu schnarchen aufgehört hat.

«Doch», erwidert sie und kriecht unter ihre Decke.

Kaum hat sie sich hingelegt, beginnt das Geschnarche von neuem. Sie blickt in die Dunkelheit hinauf, sieht Louises schmale Augen und wie ihre Hände das kleine Holzherz umschließen. Es ist ihr ein wenig schief geraten, und Louise hat nicht daran gerochen. Aber gefallen hat es ihr, sonst hätte sie es nicht auf diese Weise berührt. Bei der Erinnerung an den Kuss aufs Ohr, bei dem sie sich um ein Haar in den Finger geschnitten hätte, durchläuft sie ein wohliger Schauer.

Kurz vor dem Einschlafen meint sie gerade noch ein leises Knistern im Ofen zu vernehmen.

Lollo

«DU KANNST DOCH nicht einfach so abhauen!»
Lollo starrt in ihr Saftglas und brummt.
«Mhm.»
«Sieh mich an!»
Das ist der mit Abstand nervigste Satz, den ihre Mutter auf Lager hat, und leider lässt sie es nie dabei bewenden. Darum hebt Lollo nun den Blick und heftet ihn auf die Nasenlöcher ihrer Mutter.

«Wir kommen nach Hause, es ist nach Mitternacht, und du liegst nicht in deinem Bett. Kannst du dir vorstellen, was für Sorgen wir uns gemacht haben?»

«Das hast du gestern schon gesagt, du brauchst dich nicht ständig zu wiederholen», entgegnet Lollo. «Ist das hier vielleicht so 'ne Art Gefängnis, oder was? Oder wieso darf ich nicht nach draußen, wenn ich will?»

«Aber doch nicht mitten in der Nacht!»
Die Stimme ihrer Mutter gewinnt zunehmend an Lautstärke. Ihr Vater legt ihr beschwichtigend eine Hand auf die Schulter.

«Natürlich bist du nicht unsere Gefangene, das wäre ja lächerlich. Was wolltest du eigentlich dort draußen?»

«Du bist ja manchmal auch lächerlich.»
Lollo hat schon wesentlich geistreichere Dinge zum Besten gegeben, aber der Wahrheit entspricht es allemal.

«Du hast jemanden kennengelernt», stellt Erik siegesbewusst fest.

Lollo nimmt schnell ein paar Schlucke von ihrem Orangensaft, um nicht rot anzulaufen. Ihre Mutter schüttelt mit gerunzelter Stirn die Hand ihres Mannes ab und blickt Lollo forschend an.

«Stimmt das?»

«Ja klar», faucht Lollo sie an. «Wie hoch ist bitte die Wahrscheinlichkeit, dass ich auf einer Insel mit gefühlt sieben Häusern einen Typen kennenlerne?»

Streng genommen hat sie nicht gelogen. Trotzdem kommt sie sich vor wie eine Lügnerin.

«Und was hast du dann gemacht?», will Peppe wissen.

Jetzt hat sie alle vier gegen sich.

«Wer war es?», bohrt Erik weiter.

«Ich war einfach draußen, okay? Ich musste kotzen.»

Das ist das Erste, was ihr in den Kopf kommt, und es funktioniert. Die eben noch zornige Stirn ihrer Mutter ändert ihren Ausdruck hin zu besorgt, und Erik weicht erschrocken zurück. Lollo atmet im Stillen auf.

«Ich hatte doch gesagt, dass mir nicht gut war», fährt sie mit etwas kläglicherer Stimme fort.

Wenn sie in sich hineinhorcht, ist ihr tatsächlich schlecht. Sie empfindet eine Art Unruhe oder Übelkeit. Oder schlicht das Leben.

Sie stellt sich vor, wie es wäre, wenn sie ihnen einfach von Anna erzählt. Mama, Papa, ich hab da jemanden kennengelernt. Und zwar dieses Mädchen, das ihr alle so siffig findet. Na, ihr wisst schon, die Tochter vom Alki.

Nein, das wäre völlig undenkbar. Erstens, weil es sich um ein Mädchen handelt, und zweitens, weil es sich um ebendieses Mädchen handelt.

Nicht dass ihre Eltern homophob wären, schließlich sind sie zivilisierte Menschen. Nichtsdestotrotz müssen ihre eigenen Kinder nun nicht gerade schwul oder lesbisch sein. Was sie ja auch gar nicht ist, immerhin hatte sie schon drei feste Freunde. Jungs wohlgemerkt.

«Und wie geht es dir inzwischen, Loppan?»

Lollo stopft sich den Rest ihres belegten Brotes in den Mund und steht auf.

«Geht so. Besser. Ich ruh mich noch ein bisschen aus.»

Sie geht auf ihr Zimmer und schließt die Tür hinter sich. Wirft sich auf ihr Bett und scrollt durch die neuesten Posts auf Instagram und sieht nach, ob irgendwer im Chat eingeloggt ist. Noch während sie dabei ist, loggt sich auch schon Mimmi ein.

Ich	*Miss you!*
Mimmi	*Miss you too, Loppis!*
Mimmi	*Wie läuft's mit deinem Typen?*
Ich	*Wmd?*
Ich	*Kein Interesse*
Mimmi	*Nichts, lig in der Sonne*
Mimmi	*Wenn du ihn nicht willst, nehm ich ihn!*
Ich	*Wie jetzt? Plötzlich gar keine heißen Norweger mehr?*
Mimmi	*Die haben mir alle zu seltsam geredet ;)*
Mimmi	*Schick mal noch ein Bild!*
Ich	*Von Erik? Hab keins*
Mimmi	*Bist du etwa lesbisch oder was? Lol*
Ich	*Lol*
Mimmi	*Gib doch endlich zu, dass du scharf auf den bist!*

Mimmi	*Du bist heiß, er ist heiß, und es ist Sommer*
Mimmi	*Ich an deiner Stelle würde ihm eine Chance geben*
Ich	*Du bist aber auch dauergeil*
Mimmi	*Hahaha*
Mimmi	*Diese Hitze macht mich hier noch fertig*
Ich	*Mich auch! Wir brauchen dringend eine Klimaanlage*
Mimmi	*Gibt's wohl nicht in den Schären, was? Lol*
Ich	*In den Schären gibt es GAR NICHTS*

Ist sie jetzt lesbisch, oder was? Die Frage bereitet ihr Unbehagen, aber genau diese Frage würde man ihr stellen. Mit einem Mal wäre alles anders. Das Bild, das die anderen sich von ihr gemacht haben, würde mit einem Mal eine andere Schattierung annehmen, sie müssten das Ganze erst einmal akzeptieren. Und dann erst. Wenn sie ihnen Anna vorstellen würde, mit ihren kurzen, schmutzigen Fingernägeln und dem T-Shirt mit dem *Rudertrupp-04*-Aufdruck. Eine Sache ist jedenfalls schon mal sicher: Mimmi würde sie ganz bestimmt nicht «heiß» finden.

Mitten in diesem Gedankengang und zwei Selfies von Mimmi mit Sonnenbrille später klopft es an der Tür. Ohne Lollos Antwort abzuwarten, tritt ihre Mutter ein.

Brb, textet sie schnell an Mimmi.

Ihre Mutter lässt sich am Fußende nieder.
«Wie geht es dir jetzt?», fragt sie mit sanfter Stimme.
«Gut.»
Ihre Mutter zwingt sich zu einem Lächeln.
«Das höre ich gern.»

Nach dieser Feststellung rührt sie sich allerdings trotzdem nicht von der Stelle. Sie zupft an den Fransen von Lollos Bettüberwurf herum und erweckt den Eindruck, als wolle sie zu gern einen entspannten Eindruck erwecken. Lollo wirft einen Blick auf ihr Handy, wo Mimmi in der Zwischenzeit ein weiteres Selfie mit einem Eismann im Hintergrund geschickt hat. *Sehr hübsch!*, schreibt sie zurück.

«Dass du dich übergeben musstest ...», setzt ihre Mutter an. «Das hat ... also, du ... du bist doch hoffentlich nicht schwanger?»

Mimmi schreibt: *Mach jetzt SOFORT ein Bild von Erik!!!! Mit dir!!!*

Lollo antwortet: *Brb, meine Mutter denkt, ich krieg ein Kind.*

«Hallo?», sagt ihre Mutter. «Sieh mich bitte an!»

Mimmi: *LMAO!! Ernsthaft? Hahahahaha, warum das denn? Bisschen viel Eis gegessen, oder was?*

Daraufhin Lollo: *Nein. Sie denkt, ich musste kotzen.*

Mimmi: *Und warum das jetzt wieder?*

Lollo: *Musste zu einer kleinen Notlüge greifen, long story.*

«LOUISE! Leg jetzt endlich das Handy weg!»

Mimmi wieder: *Long story short?*

Lollo: *Bisschen rumgeknutscht ...*

Ihre Mutter reißt ihr das Handy weg, und zwar mit der Geschwindigkeit einer Kobra. Noch bevor Lollo reagieren kann, hat sie es schon mit ihren rosa Fingernägeln gekrallt. In ihrer Hand surrt es weiter.

«Falls dem nämlich so sein sollte ...», fährt ihre Mutter fort und holt tief Atem, «dann ... na ja, weiß ich jetzt auch nicht, aber du kannst es mir jedenfalls erzählen.»

Lollo sieht ihre Mutter an. Glaubt sie im Ernst, sie hätte ein Kind im Bauch?

«Also, ehrlich gesagt ...», erwidert sie. «Nein.»

Ihre Mutter lacht erleichtert auf.

«Bist du dir auch ganz sicher? Ich meine, manchmal lässt sich das gar nicht so leicht sagen ...»

«Hältst du mich für bescheuert? Ich werde ja wohl wissen, ob ich mit jemandem Sex hatte.»

Ihre Mutter nickt, klopft den längst glatten Bettüberwurf zurecht und lacht erneut.

«Aber falls du doch ... also, was ich selbstverständlich nicht hoffe, aber ... na ja, dann bist du immerhin ... also, dann weißt du doch zumindest, wie man sich schützt. Und na ja ... wie es funktioniert.»

Lollo würde sich am liebsten aus dem Universum beamen und einfach wieder irgendwo anders landen. Passiert das hier gerade wirklich? Sitzt ihre Mutter tatsächlich hier auf ihrem Bett und führt DAS GESPRÄCH mit ihr?

«Ja, weiß ich», erwidert sie mit einem Stöhnen. «Kann ich jetzt mein Handy wiederbekommen?»

«Ich will ja nur, dass du auf Nummer sicher gehst», entgegnet ihre Mutter und reicht ihr das Telefon zurück.

Auf dem Kunststoff sind noch zwei Schweißflecken. Als sie auf das Display tippt, hat sie fünf neue Nachrichten von Mimmi.

I KNEW IT!

Lol, was für eine Geheimniskrämerei!

So viel zum Thema, ich durchschaue dich!

Er ist ja sooooo was von heiß!

Hee? Babe?

Anna

DIE SONNE DRINGT durch drei Schlitze in der Bretterwand, an diesem ersten Tag in Annas Leben, an dem sie eine Freundin hat. Genau wie drei einzelne Streifen Sonnenlicht ein ganzes Haus erleuchten, so kann ein einziger Kuss aufs Ohr die gesamte Atmung durcheinanderbringen.

An diesem ersten Tag in ihrem Leben, an dem sie eine Freundin hat, isst sie eine Scheibe Brot zum Frühstück, das Gesicht mit geschlossenen Augen der Sonne zugewandt. Ihr Vater kann die perfekten Eier kochen, in der Mitte noch schön flüssig, und sie löffeln sie genüsslich aus. Mit keiner Silbe will er wissen, was sie gestern Abend unternommen hat, und sollte er je doch noch fragen, wird sie es ihm nicht erzählen. Nicht, weil er es nicht wissen darf, früher oder später wird er es sowieso erfahren. Sondern weil sie es noch ein Weilchen ganz für sich behalten will.

An diesem ersten Tag in ihrem Leben, an dem sie eine Freundin hat, ist sie eigentlich genau wie immer, wie an allen anderen Tagen auch, bloß noch ein bisschen mehr. Sie ist immer noch die alte Anna mit den verhedderten Haaren, einem kettenrauchenden Vater und Unmengen von Nägeln in der Hölle. Aber auch die Anna, die wie selbstverständlich Louises Hand festhält und tausend kleine Geschichten in ihren schmalen Augen liest.

Woher kann sie so genau wissen, dass sie jetzt eine Freundin hat, wo das doch zu keinem Zeitpunkt ausgesprochen wurde? So etwas weiß man einfach.

Dieses Mal malt sie ein Herz neben ihren Brief. Und radiert es auf der Stelle wieder aus, wo doch Louise befürchtet, ihre Eltern könnten von ihnen erfahren. Dann malt sie es wieder hin. Daneben zeichnet sie einen Schmetterling, der allerdings eher aussieht wie eine Gartenschere.

Heute Abend um acht in der Ryssviken?/A

Sie faltet den Zettel zusammen und klebt ihn mit Klebeband zu. Lässt ihren Vater im Paradies zurück und rennt das erste Stück den Hang hinauf.
Sie strotzt nur so vor Energie.

Mekonnen fände Louise bestimmt wahnsinnig hübsch. Genau auf solche Mädchen steht er, mit schönen Haaren, einem schönen Lächeln und schönen Klamotten. Er ist so jemand, der stundenlang alte Fotos von Prinzessin Madeleine anschmachten kann, und außerdem mag er füllige Hintern. Alex sagt immer, er stehe auf große Mädchen, lernt aber immer nur kleine kennen, und Wilma würde nie im Leben einen Fußballer daten. Das ist dann aber auch schon ungefähr alles, was sie über Liebesdinge miteinander reden. Meistens unterhalten sie sich über Longboard-Tricks. Den Cross Step, Kickflips und den Coleman Slide. Und den Meko-Stepp natürlich, eine Erfindung von Mekonnen, die im Großen und Ganzen auf eine Art Stepptanz hinausläuft. Er nervt sie ständig alle damit, sie müssten ihn ebenfalls lernen, damit er ihn nicht als Einziger kennt, sondern ein offizieller Trick daraus wird.

Die meiste Zeit unterhalten sie sich also über solches Zeug, und nicht über die Liebe und dergleichen. Von ihren eigenen Vorlieben hat Anna ihnen noch nie erzählt, das wäre irgendwie seltsam. «Hey Leute, eine Sache noch. Ich stehe übrigens auf Mädchen.» Dabei glaubt sie gar nicht, dass die anderen damit ein Problem hätten. Die meisten von ihnen, allen voran Alex, haben ganz andere Probleme als die sexuelle Veranlagung ihrer Freunde.

Bei dem Gedanken, wie sie ihnen von Louise erzählt, muss sie lächeln. Als Erstes wird sie ihnen ein Foto von ihr zeigen. «Suuuperhübsch», wird Mekonnen sagen. Und Wilma wird fragen: «Wer ist denn das?» Woraufhin Alex feststellen wird: «Sieht irgendwie aus wie ein Model.» Und dann wird sie mit ganz lässiger Miene sagen: «Tja, das ist meine Freundin.»

Sie deponiert ihren Brief auf der Morgenzeitung der Scheeles. Hätten sie Strom gehabt, hätte sie auch einfach eine SMS schicken können. So wird ihr Handy eben so lange mit ausgenuckeltem Akku in ihrem Rucksack bleiben, bis sie wieder zu Hause sind, und falls in der Zwischenzeit irgendwas geschieht, wird sie nichts davon erfahren. Ob Alex nun seine Matheprüfung im Sommerkurs bestanden hat, zum Beispiel. Oder ob Wilma sich endlich eine Tarantel kaufen durfte, oder ob ihre Mutter auf mirakulöse Weise geheilt wurde. Und auch von keinen anderen Wundern.

«Wenn man im Paradies ist, ist man im Paradies», hatte ihr Vater auf ihre Klage hin entgegnet. «Im Paradies zählt nur das Hier und Jetzt, und alles, was mit dem Festland zu tun hat, ist vergessen und verziehen.»

Zu Louise hat sie gesagt, ihr Handy wäre kaputt.

Sie hatte eigentlich nicht vorgehabt, Louise aufzulauern. Jedenfalls nicht am Anfang. Eigentlich wollte sie einfach zurück nach Hause gehen und dort acht Uhr abwarten. Doch ein ganz simpler Umstand stimmt sie um: Sie muss Louise unbedingt sehen. Deshalb will sie sich zum Warten an den Strand setzen.

Der kleine schmale Sandstrand befindet sich gleich neben dem östlichen Fähranleger. Wie auch überall sonst auf der Insel ist sein Sand körnig und von größeren Steinen und angeschwemmtem Tang durchsetzt. Mitten im Sand steht eine etwa meterhohe Plastikrutsche, und dahinter verläuft ein niedriges Steinmäuerchen. Dort setzt Anna sich jetzt hin, schließlich ist sie nicht mehr heimlich auf der Welt. Im Grunde wartet sie ja nur darauf, dass Louise sie entdeckt.

Als Louise endlich kommt, läuft alles schief. Zuerst will ihr das Herz fast vor Freude zerspringen, da ist sie! Dann fällt ihr Blick auf Louises schlaksigen Bruder und diesen bescheuerten Erik.

Die drei sind so überhaupt nicht wie Mekonnen, Alex und Wilma. Die Atmosphäre um sie herum ist komplett anders, ihr Lachen ist anders, sie kommen ihr vor wie von einem anderen Stern. Erik trägt ein weißes Oberhemd, und das hier draußen auf dem Land! Anna schrumpft auf ihrem Mäuerchen in sich zusammen und rutscht näher an einen Dornbusch heran, der ihr ausreichend Deckung spenden sollte.

Das Trio bewegt sich über den Anleger wie ein paar Großgrundbesitzer. Oder jedenfalls die Jungs, Louise geht wie immer. Behutsam setzt sie einen Schritt vor den anderen, die Füße ein wenig nach innen gedreht und mit leicht gekrümmten Schultern. Das liegt daran, dass sie eine so bedächtige Person ist, das hat sie selbst gesagt. Ihr ist noch nie ein Handy zu Boden gefallen, und genau das kann man an ihren Schritten sehen.

Anna springt von dem Steinmäuerchen und schlüpft in das rote Wartehäuschen direkt dahinter. An dem kleinen, sechseckigen Unterstand blättert die Farbe ab, anscheinend fühlt sich niemand fürs Streichen verantwortlich. Wenn man bei Regen auf die Schärenfähre wartet, kann man sich hier drinnen unterstellen und es ganz laut aufs Dach prasseln hören, während man zugleich die Nase an die Fensterscheibe drückt, um zwischen den grauen Streifen dort draußen das Boot auszumachen. Bei solchem Wetter sehen alle gleich erbärmlich aus.

Durch das Fenster sieht sie Louise mit der Zeitung aus dem Schuppen kommen. Zwischen ihnen liegen bestimmt fünfzig Meter, und durch die schmutzige Scheibe ist es nur schwer zu erkennen, aber: Hat sie den Brief?

Die Jungs lachen ausgelassen. Ihre Stimmen schallen weithin über Wasser und Land hinweg, sie vereinnahmen die gesamte Insel, brüllen: «Ja klar, aber du!», und «Einen Teufel werd ich tun!» Normalerweise würde sie sich maßlos über sie aufregen, doch jetzt, wo sie Louise hat, können sie ihr so was von schnurzpiepegal sein. Ihretwegen sollen sie ruhig weiter Wasserski fahren, Oberhemden tragen und mit ihren Stimmen den gesamten Schärengarten zumüllen, wenn sie das denn unbedingt wollen. Sie besitzt das Einzige, was zählt, und Louise gehört ihr Herz.

Eigentlich hatte sie rufen wollen. Oder ihr beim Vorbeigehen ein «Pst, Louise!» zuflüstern, ihr aus der Tür des roten Häuschens heraus zuwinken. Doch Louise geht in der Mitte. Alles, was Anna tut, würde unweigerlich auch die Aufmerksamkeit dieser zwei Gymnasiasten auf sie lenken.

Das Allerwichtigste jedoch kann sie erkennen. Louise hat den Brief.

Lollo

SIE KANN NICHT.

Die Erkenntnis lässt ihr Herz nach jedem Schlag einmal kurz aussetzen.

Sie hält Annas Brief in ihren Händen, das einzig Schöne auf dieser ganzen Insel, mit der krakeligen Handschrift und dem Industrieklebeband.

Anna um acht in der Ryssviken sehen, ja, natürlich will sie das! Aber dass man sie mit Anna um acht in der Ryssviken sieht, das hingegen will sie nicht.

Mimmi ist von ihrer heimlichen Romanze mit Erik Rantzer mittlerweile felsenfest überzeugt.

«Oooh, wie romantisch!», stöhnt sie ins Telefon. «Und dann auch noch auf einer Insel!»

Lollo brummt bestätigend. Was soll sie sonst auch sagen? Nein, ich meinte eigentlich, ich hab mit einem Mädchen aus Rågsved rumgeknutscht? Du würdest sie mit Sicherheit lieben. Nachdem du all deine bisherigen Vorstellungen von der Liebe über Bord geworfen hast.

«Meine Güte, was werdet ihr für goldige Kinder bekommen!», fährt Mimmi fort. «Bist du dir sicher, dass du nicht schwanger bist?»

Lollo muss lachen. Und das tut gut, es löst ihre Verkrampfung ein wenig.

«Sie hat das echt todernst gemeint! Also, meine Mutter. Hat doch tatsächlich geglaubt, ich bekäme ein Kind!»

«Können ja nicht alle solche Hungerhaken sein wie sie.»

«Wem sagst du das», erwidert Lollo, obwohl es ja gar nicht darum ging, dass sie zu dick wäre.

Sondern darum, dass sie sich übergeben musste.

«Wie macht sie das überhaupt? Sie muss doch mindestens vierzig sein, und meine Mutter behauptet, ab fünfunddreißig sei es aussichtslos, seine Figur noch länger zu halten. Andererseits gibt es ja durchaus Leute, denen das gelingt. Man braucht sich ja bloß Victoria Beckham und die alle anzuschauen ... Nicht, dass die jetzt mein größtes Vorbild im Leben wäre, aber ...»

Lollo lauscht Mimmis Redeschwall. In gewisser Weise holt er sie in ihr wahres Leben zurück, in das ihr bekannte. Genau so hört sich ihr Leben nämlich an. Zu ihrem Leben gehören Mimmis Gekicher und Douglas' Geschnatter. Shoppingtourneen und Cafébesuche, Klatsch und Tratsch, Träume und Prominente. Mimmi will das neue Sternchen am schwedischen Pophimmel werden, Douglas wird Schwedens nächster Modeguru, und Sofie wird ebenfalls Popstar. Allerdings ist Sofie wohl die Einzige mit einer Aussicht auf Erfolg, Mimmi hat nämlich keinen blassen Schimmer von Musik, genauso wenig wie Douglas von Stoffen. Über solche Dinge unterhalten sie sich. Ihr Leben duftet nach Parfum. Und nicht nach Fisch.

«Hallo?»

«Was?»

«Wie er küsst. Will ich wissen. So ungefähr zum fünften Mal inzwischen, was treibst du denn nebenher?»

«Ach so, gut.»

«Er küsst gut? Jetzt mal im Ernst, Loppis, ich will Details hören! Schon mal was davon gehört?»

«Ein bisschen zu fest vielleicht.»

Jetzt ist die Lüge gegenüber Mimmi also Fakt. Bisher hat sie nicht direkt gelogen, jetzt hat sie es. Jetzt sind Erik Rantzer und sie ein Paar.

«Ja du, wem sagst du das», entgegnet Mimmi. «Das ist bei allen Typen so. Man muss ihnen das Küssen erst mal beibringen.»

Sie kichert. So kichern sie immer, wenn sie über Jungs reden. Lollo gibt einen Laut von sich, der ebenfalls ein Kichern sein könnte.

«Carl hat aber gar nicht so schlecht geküsst.»

Das stimmt. Von allen, mit denen sie es probiert hat, war Carl definitiv der Beste. Verglichen mit Anna allerdings hat es sich angefühlt, als würde sie eine Auster essen. Und genau das ist das Problem. Sie trommelt auf den Brief in ihrem Schoß und muss an eine ziemlich gruselige Redensart denken, die ihre Mutter öfter mal benutzt: etwas im Keim ersticken.

Der Tag ist schön und warm, es ist einer jener Tage, nach denen man sich im November sehnen wird und sich fragen, ob es ihn tatsächlich gegeben hat. Das sind die Worte ihrer Mutter, und ihr Verstand sagt ihr das ebenfalls, doch spüren kann sie es nicht.

«Vielleicht solltest du deinen Magen mal untersuchen lassen», schlägt ihre Mutter nach dem Abendessen vor. «Es scheint ja nicht gerade besser zu werden. Peter!»

«Ich bin einfach nur müde», erwidert Lollo. «Das lag bestimmt an den Krabben.»

«Aber von den Krabben haben wir doch alle gegessen. PETER!»

«Ja?», ruft Lollos Vater von irgendwo aus dem Haus.
«Gibt es hier auf der Insel einen Arzt?»
«Was sagst du?»
Lollo seufzt.
«Oder am Wetter», fährt sie fort. «Ehrlich, da ist nichts.»
«EINEN ARZT!», schreit ihre Mutter in Richtung Haus, bis sie sich ihrer eigenen Lautstärke bewusst wird und verstummt. «Ich werde ihn später fragen.»
«Ich dreh mal eine Runde.»
«Das ist gut. Ein kleiner Spaziergang ist bestimmt gut für ...»
Lollo verschwindet, bevor ihre Mutter ihren Satz beenden kann. Sie hat die Schnauze voll von ihrem ewigen Genörgel.

Sie weiß noch, wie sie diesen Ort bei ihrer Ankunft gehasst hat. Der Strand war ihr zu steinig gewesen, den Steg fand sie potthässlich. Im Schnelldurchlauf lässt ihr Gehirn Revue passieren, was seitdem alles geschehen ist. Die Bilder rauben ihr regelrecht den Atem. Sie sind viel zu schön, um wahr zu sein, und dabei viel zu real. Sie muss sie wenigstens auf die Größe von Träumen zusammenschrumpfen. Klappt aber nicht.
«Was machst du?»
Wie sie diese Stimme hasst! Doch ausnahmsweise quasselt sie diesmal nicht direkt weiter. Sie stellt einfach nur ihre Frage und klingt dabei sogar richtig nett.
«Nichts.»
«Das sehe ich.»
Erik springt mit einem Satz auf den Kiesstrand hinunter.

«Was sind das für Briefe, die du da bekommst?»
Lollo schüttelt den Kopf.

«Ach, das ist bloß so eine alberne Geschichte zwischen mir und einer Freundin. Sie schickt mir die Briefe mit dem Schiff.»

Erik lacht, obwohl es gar kein Scherz war. Bloß eine Lüge, ihre vierte vielleicht.

«Warst du schon mal dort drin?», will Erik mit einem Nicken in Richtung Bootshaus wissen.

«Nein.»

«Ich kann es dir gerne zeigen.»

«Mir was zeigen?»

Sie hört selbst, wie abweisend ihre Stimme klingt. Eigentlich schon fast bewundernswert, wie beharrlich er es trotz allem weiter versucht.

«Also schön, ich gebe mich geschlagen», sagt Erik daraufhin und hält kapitulierend die Handflächen hoch.

Der junge Mann, der ihr ein Leben in Normalität bescheren könnte, jetzt tritt er den Rückzug an. Er gibt auf.

«Na gut», lenkt sie ein. «Ich kann mir das Bootshaus ja zumindest mal ansehen, wenn es denn so besonders ist.»

«Ob es wirklich so besonders ist, kann ich dir nicht sagen», erwidert Erik mit einem Lächeln. «Aber ein Bootshaus ist es definitiv.»

Als sie das Bootshaus betreten, hat sie das Gefühl, in eine Unterwasserhöhle zu kommen. Was an dem Gluckern liegt, das von unten zu ihnen heraufdringt. Der Raum ist lediglich an den Seiten mit Bodenplanken versehen, die an Stege erinnern. Der Rest besteht einfach aus offenem Wasser.

«Hier parkt man das Boot», erklärt Erik und deutet mit der Hand auf die Öffnung.

Schönen Dank, so viel hatte sie auch schon kapiert.

«Erinnert irgendwie an eine Höhle», sagt sie.

Er lacht auf.

«Findest du? Ich würde mal schätzen, hier passt bestimmt ein Fünf-Meter-Boot rein. Vielleicht sogar eins mit sieben, aber die sind ja meist etwas breiter.»

«Okay.»

«Setz dich doch. Wenn du willst.»

Wenn du willst. Der Satz könnte genauso gut ironisch gemeint sein. Woher weiß man, was man will? Sie lässt sich trotzdem an der Kante des einen Steges nieder, und Erik setzt sich neben sie. Er erkundigt sich, ob sie gut sitzt.

«Ja», gibt sie zur Antwort.

«Frierst du?»

Obwohl schon Abend ist, herrschen noch immer fünfundzwanzig Grad im Schatten. Der wärmste Sommer seit Menschengedenken. Ob sie friert?

«Wo ist Peppe?»

«Drinnen und zockt.»

«Und du?»

«Ich bin lieber hier. Mit dir. Kennst du das hier schon?»

Er zieht sein Handy aus der Tasche und öffnet einen Videoclip. Darin ist ein alter Mann auf einer Konferenz zu sehen, von dem berichtet wird, er habe unzählige jüdische Kinder vor der Vernichtung gerettet. Dann heißt es, mehrere dieser Personen, die er gerettet hat, befänden sich mit im Publikum, und diese werden gebeten, sich nun zu erheben. Als daraufhin das gesamte Publikum aufsteht, kommen Lollo beinahe die Tränen.

Sie hatte nicht damit gerechnet, dass er ihr so etwas zeigen würde.

«Toll, oder?», sagt er. «So jemand hat wirklich etwas geleistet.»

Er hat recht. Das muss man sich mal vorstellen, so viele Leben gerettet zu haben.

«Ich dachte, du zeigst mir irgendeinen Wasserski-Clip.»

Erik lacht auf.

«Bloß weil man total auf Wasserski abfährt, heißt das noch lange nicht, man würde nicht auch über andere Dinge nachdenken. Ich mache mir total oft über solch tiefgründige Themen Gedanken.»

«Wie jemandem das Leben zu retten?»

Er nickt.

«Und was ist mit dir?», will er wissen. «Woran denkt Lollo Scheele?»

Und indem er ihren Namen betont, tippt er ihr noch zusätzlich auf die Nase, allerdings eher so, als betätige er einen Knopf. An ein Mädchen mit schmutzigem T-Shirt und kleinem Kinn wird ihre Antwort jedoch garantiert nicht lauten. Sie hat nämlich damit aufgehört, an Anna zu denken. Sie hat den Sprössling sozusagen noch im Keim erstickt.

«Jedenfalls nicht daran, wie ich jemandem das Leben retten könnte, leider. Meine Gedanken drehen sich eher darum ... was meine Freunde gerade so machen und dergleichen.»

Sie sucht ein Griechenland-Foto von Sofie und Douglas heraus und zeigt es Erik. Während sie zwischen den beiden und Mimmi hin und her blättert, versucht sie, die Uhrzeit zu ignorieren. 20:02 Uhr.

«Du brauchst dir keine Gedanken darüber zu machen, was deine Freunde jetzt gerade tun», entgegnet Erik.

Er ist inzwischen ein ganzes Stück näher gerückt, die Hand hat er hinter ihrem Rücken abgestützt. Sie muss an Mimmi denken, die bei ihrem Anblick jetzt einen neidischen Seufzer ausstoßen würde. Sie, die Schlankere und Hübschere von ihnen beiden, die sonst immer alles bekommt, würde ganz schön Augen machen, wenn sie Lollo jetzt mit Erik in dem dunklen Bootshaus sitzen sehen könnte. Erik mit dem perfekt wuschelig gestylten Haar und den strahlend weißen Zähnen.

«Und wieso nicht?», will sie wissen.

«Weil wir es hier viel schöner haben.»

Was würde Mimmi nicht dafür geben, jetzt an ihrer Stelle zu sein, als Erik ihr nun die Hand auf den Oberschenkel legt und ihr die Zunge in den Mund stopft.

Ist es nicht ein Traum.

Anna

SIE FINDET DOCH hoffentlich wieder her?

Anna hat keine Ahnung, wie spät es ist, als sie sich allmählich zu wundern beginnt, doch muss es definitiv schon nach acht sein.

Genau hier wollten sie sich doch treffen? An der Ryssviken, wo der Abzweig hoch auf den Berg abgeht. Oder denkt Louise vielleicht, sie treffen sich oben?

Beim Warten zupft sie ein paar Blaubeeren ab und schiebt sie sich lustlos in den Mund. Jetzt, Ende Juli, haben sie zwar schon ihre Farbe, schmecken aber noch ganz sauer.

Anna entfernt sich eine Zecke aus der Kniekehle und zerquetscht sie zwischen ihren Fingernägeln, späht den Berg hinauf und hinüber zum Pfad. Als sie dort eine Bewegung gewahrt, macht ihr Herz einen kleinen Satz und pumpt in Sekundenschnelle Adrenalin in ihren Körper. Und wie das eben bei Adrenalin so ist, verbleibt es auch dann noch in ihrem Blut, als sie Bo mit ihrem Hund schon längst erkannt hat, jetzt allerdings mit einem beschämten Dämpfer versetzt.

«Können Sie mir vielleicht sagen, wie spät es ist?», fragt sie Bo beim Näherkommen.

Bo fischt ihr Handy aus der Tasche.

«20:42 Uhr», sagt sie. «Viertel vor neun. Was für ein herrlicher Abend!»

Anna macht sich auf den Weg auf den Berg. Wie ulkig, wenn Louise die ganze Zeit dort oben auf sie gewartet hätte.

Sie muss innerlich lachen und überlegt, was sie dann zu ihr sagen soll. «Ich hab dort unten auf dich gewartet!» Oder: «Okay, in Zukunft sollten wir bei unseren Verabredungen wohl etwas präziser sein.» Und Louise wird genau wie sie vor Erleichterung auflachen.

Bo mit ihrem Hund hat recht. Es ist wirklich ein herrlicher Abend. Die Sonne balanciert auf den Baumwipfeln wie ein hängengebliebener Luftballon, und der Himmel leuchtet wie flüssiges Gold. Genau das wird sie zu Louise sagen, wenn sie sich oben treffen. Vielleicht. Oder sie legt einfach den Arm um sie und schaut auf die Bucht hinaus. Das ist eigentlich sowieso das Schönste, wenn sie beide sich gleichzeitig dasselbe anschauen.

Louise sitzt nicht auf ihrem Felsvorsprung von gestern und auch nicht weiter oben. Sie kann aber auch nicht kurz zum Pinkeln verschwunden sein, denn fünf Minuten später ist sie noch immer nicht aufgetaucht. Auf dem Berg ist weit und breit keine Louise.

Vielleicht konnte sie nicht weg.

Es gibt ja durchaus so Situationen, da muss man zu Hause bleiben. Jemand hat Geburtstag oder sich das Bein gebrochen. Anna fallen mühelos fünf, sechs weitere mögliche Gründe ein. Wie als sie einmal zum Kindergeburtstag eingeladen war, doch dann starb ihre Mutter. Sie war damals noch ganz klein, kann sich aber genau erinnern, was für einen Aufstand sie gemacht hatte, weil man sie nicht auf diese Feier gehen ließ und ihr dadurch auch die Tüte mit den Süßigkeiten vorenthalten wurde. Zugleich jedoch hatte sie sich für ihr Geschrei geschämt, und ein bisschen schämt sie sich dafür seitdem jeden Tag, bis heute. Das hat sie noch nie irgendwem anvertraut, aber bei Louise könnte sie sich das eventuell sogar vorstellen.

Hoffentlich ist niemand gestorben. Und wennschon, dann wenigstens dieser Erik.

Eine Stunde lang sitzt sie oben auf dem Berg. Bis die Sonne hinter dem Horizont verschwindet und nur noch der lilafarbene Himmel übrig ist. Und die ganze Zeit über hofft sie, Louise würde im letzten Moment doch noch kommen und ganz außer Atem keuchen: «Oh, Gott sei Dank, du bist noch da!» Aber sie kommt nicht.

Anna trottet langsam den Berg hinab. Noch hat Louise eine Chance, sie könnten sich auf dem Weg begegnen. Jeder Schatten könnte Louise sein.

Schließlich geht sie weiter zu dem Strandgrundstück mit dem weißen Sommerhaus, bleibt an dessen Gartentor stehen und versucht herauszufinden, ob dort vielleicht jemand gestorben ist oder von einer Schlange gebissen wurde. Auf Familie Scheeles Veranda brennt Licht, Gläser und Geschirr klirren, doch einzelne Gesichter lassen sich auf die Entfernung nur schwerlich erkennen. Vielleicht feiern sie ja irgendwas. Vielleicht hat Louise heute Geburtstag. Es gibt so vieles, das Anna über ihre Freundin noch nicht weiß.

Sie bleibt eine Weile am Gartentor stehen. Am Bootshaus bewegen sich zwei Schatten und leuchten sich mit ihren Handys den Weg über den Rasen. Bei einem Nachbarn läuft wieder die Musik aus den Neunzigern, *Jedes Mal, wenn ich dich sehe*. Sie fröstelt. Wie kann der heutige Abend derart kühl sein, wo die letzte Nacht doch so warm war?

Sie kann jetzt nicht dort hineingehen, unmöglich. Sie lachen und stoßen in der Familie an, und man platzt nicht einfach so in eine Familie. Sie trommelt ein wenig auf das weiße Tor, bohrt mit dem Zeh im Gras. Als ihr um ein Haar ein Nachtfalter in die Nase fliegt, geht sie.

Anna kann förmlich spüren, wie der Abstand zwischen ihr und Louise mit jedem weiteren Meter hinter ihr wächst.

Lollo

MÖGLICHERWEISE IST LOLLO heute den ersten Tag in ihrem Leben erwachsen.

Jedenfalls fühlt es sich so an. Als wüsste sie nun, was es heißt, Verantwortung zu übernehmen. Und wenn sie sich ihre Seufzer so anhört, klingen auch diese mit einem Mal erwachsen. Sie klingen wie die Seufzer ihrer Mutter, wenn sie versucht, alle möglichen Dinge zugleich unter einen Hut zu bringen, oder wie die ihres Vaters, wenn er auf Arbeit außer der Reihe zu einem Meeting beordert wird. Ab und zu muss man eben eine Entscheidung treffen.

Alle bemerken den Unterschied, nur jeder auf seine Weise. Peppe zieht sie auf.

«Lollo and Erik, sitting in a tree ...»

Lollo macht sich noch nicht einmal die Mühe, eine Augenbraue zu heben. *Sitting in a tree*, was soll der Mist jetzt wieder?

«Du weißt schon, dass ich Erik lauter peinliche Details über dich stecken kann, oder? Wie du dir in Gröna Lund in die Hose gepisst hast, zum Beispiel, oder dem Pfarrer aufs Hemd gekotzt ...»

Sie wischt ihm eine, in erster Linie allerdings, weil er genau das jetzt von ihr erwartet. Dann schneidet sie eine Hör-endlich-auf-mich-zu-veralbern-Grimasse und liest ein paar Krümel vom Tisch auf. Ihre Mutter kriegt sonst bloß wieder die Krise, wenn auf ihrem gediegenen Bauerntisch Krümel rumliegen.

«Dabei dürfte sie das eigentlich doch gar nicht stören», denkt Lollo laut vor sich hin. «Was könnte es wohl Ländlicheres geben als ein paar Krümel auf einem Bauerntisch? Puts the shabby in the shabby chic.»

«Wovon redest du?»

«Nichts. Und wovon redest du?»

«Von dir und Erik.»

«Und was soll mit mir und Erik sein?»

Peppe schüttelt den Kopf.

«Na, das wird ja noch ein toller Sommer! Ich nehme mal an, die letzte Woche darf ich allein Wasserski fahren?»

Dienstag. Mittwoch. Donnerstag. Freitag. Samstag. Sonntag. Montag. Dann fahren sie wieder nach Hause, und anschließend gleich weiter nach Spanien.

Sieben Tage, an denen sie Eriks Freundin spielen darf.

«Meinetwegen könnt ihr gern so viel Wasserski fahren, wie ihr wollt.»

Ihr Vater hingegen hält ein ernstes Gespräch für angebracht. Das wäre somit nun schon das zweite innerhalb von zwei Tagen, aber wenigstens denkt ihr Vater nicht, sie wäre schwanger.

«Mein Haus, meine Regeln», sagt er. «Du schläfst in deinem Zimmer, und Erik schläft bei Peppe. Sollte ich Gegenteiliges erfahren ...»

Lollo starrt ihn sprachlos an. An diesem Tag scheinen alle Leute bloß Dinge zu ihr zu sagen, die keinerlei Bezug zur Realität haben. Zum Zeichen, wie ernst ihm diese Sache ist, legt er jetzt auch noch die Stirn in Falten.

«Und wenn er sich stattdessen an Peppe vergreift?», gibt sie zurück.

Darüber muss ihr Vater herzhaft lachen. Ist doch fein, wenn man allseits für Unterhaltung sorgen kann.

Da sie nun nur noch eine Woche in Schweden verbringen werden, wollen sie einen Rhabarberkuchen backen. Der Plan ist auf dem Mist ihrer Mutter gewachsen, und bei der Gelegenheit hat sie auch gleich beschlossen, dass es doch nett wäre, wenn die Mädels das zusammen machten. Zu den «Mädels» zählen bei ihr sie selbst und Lollo.

«In Spanien haben wir so etwas nicht», schwärmt sie und zerrt an den kümmerlichen Pflänzchen, die sie bei ihrem letzten Aufenthalt hier gesetzt hat. «Als Kind habe ich es geliebt!»

Lollo betrachtet ihre Mutter, wie sie da vor diesen Stängeln kniet, die den Namen Rhabarber kaum verdient haben.

«Müssen die so dünn sein?»

«Das ist ihr erstes Jahr. Ich nehme mal an, es liegt daran.»

Lollo kann förmlich spüren, wie Anna sich ihr von hinten nähert. Was im Grunde eigentlich unmöglich ist, schließlich sind Menschen keine Magneten, und dennoch stellen sich die Härchen an ihrem unteren Rücken unwillkürlich auf.

«Ähm ... Entschuldigung», sagt Anna.

Ihre Stimme ist speziell, irgendwie schroff und trotzdem hell. Lollo hat das Gefühl, sie kennt sie längst in- und auswendig. Ihre Mutter hört die Stimme ebenfalls, aber vermutlich nicht das Spezielle darin. Langsam wenden sie beide die Köpfe zu Anna um, vollkommen synchron.

«Hallo?», sagt Lollos Mutter.

Lollo schweigt.

«Ähm», macht Anna noch einmal und sieht dabei Lollo an.

Lollo spürt, wie sich ihr die Kehle zuschnürt. Sie weiß nur zu gut, was Annas «Ähm» bedeutet: dass sie zum Reden ja wohl auch woanders hingehen könnten. Ihr Körper erstarrt in seiner aktuellen Position, in der Hocke und den Kopf nach hinten gewandt.

«Kennt ihr euch?», erkundigt sich Lollos Mutter.

Lollo kann den missbilligenden Unterton in ihrer Stimme hören. Er ist so subtil, dass Anna ihn vermutlich gar nicht wahrnimmt.

«Nein», antwortet sie schnell, bevor Anna ihr zuvorkommen kann.

Sie senkt den Blick wieder auf den Rhabarber, damit sie Anna nicht in die Augen zu sehen braucht. Ihr Herz hämmert wütend gegen ihre Brust, so als wolle es nicht länger Teil dieses Körpers sein. *Geh wieder*, denkt sie. *Bitte geh.*

«Bist du nicht die Tochter von diesem ... Ist etwa wieder was mit dem Boot?», fragt Lollos Mutter weiter.

Zuerst antwortet Anna nicht. Lollos Mutter setzt ihre Fragerei fort, und zwar mit zunehmend lehrerhafter Stimme, als wäre Anna etwas schwer von Begriff.

Lollo würde am liebsten im Erdboden versinken, doch sie steckt fest.

«Mhm», sagt Anna schließlich. «Ich sollte mal nachsehen, ob das Boot inzwischen wieder sauber läuft.»

Lollos Mutter steht auf. Aus dem Augenwinkel kann Lollo beobachten, wie sie ein höfliches Lächeln aufsetzt.

«Danke, das ist aber lieb von dir. Das Boot läuft prima. Falls noch etwas sein sollte, melden wir uns.»

«Okay, freut mich», murmelt Anna.

Dann wendet sie sich zum Gehen.

Lollo hockt wie versteinert mit gesenktem Kopf da. Erst als Anna das Gartentörchen schon fast erreicht hat, gelingt es ihr, sich aus ihrer Starre zu reißen, den Blick zu heben und ihr nachzuschauen. Den knochigen Beinen in den Shorts, den Händen, die das Gartentörchen öffnen, und ihrem schmalen Rücken, der sich so schön warm und lebendig anfühlt, wenn man mit der Hand darüberstreichelt. Jetzt würde sie tatsächlich am liebsten kotzen.

«Herrlich, so ein richtiger Rhabarberkuchen!», schwärmt ihre Mutter erneut. «Schwedischer Sommer, wie er besser gar nicht sein könnte!»

Anna

AM ALLERSCHLIMMSTEN IST das Gefühl der Demütigung. Weil sie dumm genug gewesen war zu glauben, sie wäre jemand. Sie hätte es schon viel eher begreifen müssen. Louise küssen zu dürfen, war nur ein Versehen, eine einmalige Ausnahme. Sie spürt noch immer den stechenden Blick dieser Barbie-Mutter auf sich, der ihr sagt: Du hast hier nichts verloren.

Jetzt hat sie es begriffen.

Ihr Vater schweigt. Er hat ein paar Batterien gefunden und lauscht nun, während er den Abwasch der letzten drei Tage erledigt, einem uralten Radio.

«Du weißt doch, Louise», setzt Anna an.

Ihr Vater summt und plätschert vor sich hin. Doch sie muss es wenigstens einmal laut ausgesprochen haben.

«Na ja, jedenfalls hab ich beschlossen, nicht mehr mit ihr abzuhängen.»

«Meine Rede. Bonzenkinder», erwidert ihr Vater. «Mit ihnen leben kann man nicht, aber dafür ziemlich prima ohne sie.»

«Mhm.»

Durch das Knistern des Radios hindurch ist ein Rockkanal zu hören. Eine Rockband grölt gerade *Breaking the law*, wozu ihr Vater im Takt abspült. Mit einem Schmunzeln im Mundwinkel schielt er zu ihr hinüber, ob sie es auch ja bemerkt hat.

«Wir könnten heute Abend zusammen ein Netz auslegen», schlägt er vor.

«Oder du könntest endlich mal das Dach reparieren!»

Ihre Stimme klingt erbost, und das ist Anna ja auch. Und kaum hat sie es ausgesprochen, wird sie nur noch wütender. Er verspricht ihr schon seit einer Ewigkeit, sich darum zu kümmern. Soll er es doch einfach tun, oder aufhören, dauernd davon zu reden!

Er wirft ihr einen verwunderten Blick zu.

«Du hast recht», erwidert er. «Das muss ich wirklich langsam mal in Angriff nehmen.»

Er fragt sie nie, wie es ihr geht. Zum Glück. Sonst müsste sie jetzt vielleicht weinen.

Sie selbst nimmt wieder ihr Scheinwerferprojekt in Angriff. Die Lampe soll direkt auf das Schlangenloch leuchten, da sie nämlich die Vermutung hegt, dass die Schlange bei Dunkelheit herauskommt. Und auf genau die versucht sie sich nun zu konzentrieren, als die Scham wieder in ihr aufsteigt, weil sie geglaubt hatte, sie wären jetzt ein Paar. Dabei hat Louise sich bloß einen Jux mit ihr gemacht und nie auch nur das Geringste für sie empfunden, und ... Die Schlange. Die Schlange ist graublau, zwingt sie sich zu denken. Sie ist fast einen halben Meter lang. Im Frühjahr ist sie träge und im Sommer schnell. Scheu ist sie immer.

Am liebsten würde Anna sie beim Jagen beobachten. Wie sie die Zähne in eine Wühlmaus schlägt und sie in einem Stück verschlingt. Das wäre brutal, wie das Leben.

Im Handumdrehen hat sie den Fahrradrahmen mit den Brettern verschraubt, die sie schon vor einer ganzen Weile montiert hat. Als sie an den Pedalen dreht, passiert zunächst überhaupt nichts, doch dann meint sie ein schwaches Schimmern in der Lampe wahrzunehmen. Am helllichten Tag lässt sich das nur schwer erkennen.

«Anna!», brüllt ihr Vater.

Zuerst kann sie ihn nirgendwo entdecken.

«Hier oben! Kannst du mir mal den Seitenschneider hochreichen?»

Sie robbt über den Baumstamm mit dem aufgenagelten Fahrrad, springt auf die Erde hinunter und macht sich auf die Suche nach der Zange.

Ihr Vater steht schwankend auf dem Dach. Zwar nicht so, dass man sich Sorgen um ihn machen müsste, professionell sieht es aber auch nicht gerade aus. Als er das Werkzeug entgegennimmt, stützt er sich gegen den Schornstein. Murmelt irgendwas von wegen «verflixter Nagel» und zieht ihn mit der Zange heraus. Anschließend balanciert er eine Dose Polyesterharz über den Dachgiebel und reicht sie Anna, die noch immer auf der Leiter steht.

«Halt mal.»

Denselben Kleber verwendet er auch immer für das Boot. Bevor er ihn aufträgt, reißt er ein Stück Dachpappe ab, pult mit seinem dicken Zeigefinger daran herum und murmelt vor sich hin, dass sie zwar porös, aber trocken sei. Und er sie am besten noch ein wenig abschleife.

Anna versucht, ihre Wut wegzuatmen und sich stattdessen auf das Abschleifen des Daches zu konzentrieren. Inmitten all ihres Elends hat es doch immerhin etwas Gutes, dass ihr Vater endlich das Dach repariert. Und zwar nicht nur um des Daches willen, sondern weil im Paradies so endlich ein bisschen Aktivität herrscht. Ausnahmsweise hängt ihr Vater mal nicht wie ein schlapper Wurm in seinem Stuhl und schnarcht oder süffelt.

«Haben wir noch Nägel?»

Anna nickt und klettert die Leiter hinunter. Sie überquert das Grundstück mit ganz normalen Schritten, so als wäre auch die Welt vollkommen normal und in Ordnung.

Irgendetwas wird geschehen, das weiß sie. Man kann unmöglich innerlich so am Boden zerstört sein, ohne dass auch äußerlich etwas zu Bruch geht. Sie wirft einen vorsichtigen Blick in Richtung ihres Vaters, der noch immer schwitzend das Dach abschleift. Alle zwei Minuten streckt er mit verzerrtem Gesicht den Rücken durch. Vielleicht wird er gleich hinunterfallen. Oder ein Komet einschlagen.

«Und du bist dir sicher, dass man so ein Dach repariert?», erkundigt sie sich, als sie mit den Nägeln zurückkehrt.

Ihr Vater wirft den Kopf zurück.

«Das ist eine Methode von vielen.»

«Schon, aber würde ein echter Zimmermann es genauso machen?»

«Die haben ihre Vorschriften.»

Man könnte fast meinen, er wäre so eine Art Hans im Glück, dem sämtliche Wege offenstehen, während der innige Wunsch der Zimmerleute, ein Dach mit Polyesterharz abdichten zu dürfen, an einem niederträchtigen Regelwerk scheitert. Doch sie weiß nur zu gut, was seine Worte bedeuten: Wird sich zeigen, ob es hält.

Einmal meint sie, Louise zu sehen. Als sie zum Weg hinüberschaut und jemanden zwischen den Kiefern gewahrt. Ein Kleid, wie Louise es tragen könnte, und einen Pferdeschwanz, wie sie ihn immer trägt. Ihr Herz beginnt unkontrolliert zu pochen, ihr Körper wird steif und von einem unermesslichen Glücksgefühl erfüllt. Lauf zu ihr! Bleib hier! Sag was! Ruf sie! Ignorier sie! Spuck sie an! Schlag sie!

Doch es ist nur Elisabeth, ihre Nachbarin. Als sie das erkennt, kann sie nur noch schwer nachvollziehen, wie sie sich so vergucken konnte. Die Erleichterung lässt sie aufatmen. Sie will Louise nie wieder sehen. Die Scham von heute Morgen spült wieder über sie hinweg, wie ein Schwall Kotze. Nie, nie mehr.

Lollo und Anna

LOLLO LIEST LANGWEILIGE Krimis, die sie aus dem Bücherregal ihrer Mutter im Schlafzimmer hat. Im Gesellschaftszimmer steht noch ein Regal, mit weiteren Büchern drin, allerdings wüsste sie nicht, dass die hier irgendjemand liest. Innerhalb der einen Woche liest sie vier Stück davon, in denen es überwiegend um nackte Frauenkörper geht, die an Waldrändern und in stillgelegten Fabriken tot aufgefunden werden. Eine der Frauen wurde von der eigenen Mutter ermordet, eine zweite von einem Fahrkartenkontrolleur und die dritte von einem Polizeichef. Der vierte Krimi handelte von einem verschwundenen Kind und irgend so einer Sekte. Sie hat das Gefühl, ständig die gleichen Sätze wiederzukäuen, bis diese irgendwann nur noch pappig schmecken, und beantwortet ein ums andere Mal dieselbe Frage, ob sie denn noch Bauchschmerzen hat. *Nein*, sagt sie dann jedes Mal. *Hör endlich auf mit der Fragerei und lass mich in Frieden.*

Anna hackt Unmengen von Holz. Sie schwingt die Axt über ihren Kopf und fixiert das Scheit, lässt ihrem Blick die Bewegung nachfolgen und spaltet den Klotz. Bei den dicksten Blöcken muss sie minutenlang hacken, bis sich diese endlich geschlagen geben. Mit jedem Hieb geben die Holzfasern ein wenig mehr nach, und irgendwann knicken sie ganz ein. Und auf dieses Geräusch, wenn das Holz sich teilt, hat sie es abgesehen.

«Deine Technik ist schon richtig gut», sagt ihr Vater. «Spann die Bauchmuskeln an und geh mit dem ganzen Körper mit!»

Klar spannt Anna die Bauchmuskeln an. Ihr Bauch ist ja sogar nachts angespannt.

Lollo begleitet Erik zu der Stelle, die er ihr schon die ganze Zeit über zeigen will. Es ist dieselbe Stelle, unten am Steg, auf dem Felsen, wo sie mit Anna über die fliegenden Seehunde rumgeulkt hat. Erik deutet in verschiedene Richtungen und erklärt, was es dort jeweils zu sehen gibt, und dass er sie süß findet. Er befummelt sie am Rücken und am Hals, an den Brüsten und dem Bauch, und stopft ihr seine Zunge in den Rachen. Und sie lässt ihn gewähren. Er zeigt ihr Videos, in denen Hunde so heulen, dass es wie «I love you» klingt, woraufhin sie ihm einen Clip mit Kindern zeigt, die lauter verrückte Sachen sagen. Über Seehunde sprechen sie kein einziges Mal.

Anna ist abends immer so verspannt, dass sie nicht einschlafen kann. Ihr Körper schmerzt, und ihr Vater behauptet, das seien Wachstumsschmerzen, dabei ist sie kaum einen Zentimeter gewachsen. Jaja, die Pubertät, sagt er meist nur und wechselt schleunigst das Thema. Er meckert über die Staatliche Krankenkasse, die bei ihm eigentlich bloß noch Erniedrigungskasse heißt, und dass er nächsten Mittwoch schon wieder zum Arzt müsse, zum Beweis, dass er noch immer unter einem Bandscheibenvorfall leidet. Als würde der einfach so verschwinden. Es regnet nicht, und so können sie auch nicht feststellen, ob das Dach nun dicht hält oder nicht. Die Nächte sind warm, und Anna liegt in ihrem Feldbett und macht vor lauter Anspannung kein Auge zu. Jedenfalls hat sie das Gefühl. Sie geht aber auch nicht nach draußen, um ihren Scheinwerfer zu testen.

Lollos Familie speist mit diversen Nachbarn zu Abend, die auf die Namen MarieundStefan und ElenorundLasse hören. Lollo gibt die perfekte Tochter, die stets im richtigen Moment über Stefans und Lasses Scherze lacht und auf Rückfrage bereitwillig von dem Gymnasium berichtet, auf das sie in Bälde gehen wird. Elenor will wissen, welchen Blogs sie folgt, Stefan meint, das Internet sei auch nicht mehr dasselbe, und Lollo setzt das gleiche höfliche Lächeln auf wie auch ihre Mutter. Das alles ist wie ein Vorgeschmack auf ihr künftiges Leben. Später am Abend wird dann Musik aufgelegt, natürlich Lisa Nilsson, und dazu wird auf der Veranda getanzt. Besser gesagt tanzen die Damen, während die Herren über Politik diskutieren. Trotz lautstarker Debatten gibt es niemals Streit, und am Ende sind sich sowieso alle darüber einig, dass Gudrun Schyman von der Linkspartei eine alte Schreckschraube ist. Weinbox um Weinbox wird geöffnet und geleert, und kaum sind die Erwachsenen von dem ganzen Roséwein betrunken, will Erik sich mit ihr auf ihr Zimmer verziehen. Doch sie geht nicht mit. Sie schaut lieber den Damen weiter dabei zu, wie sie zu Lisa Nilsson über die Veranda schwanken. *Jedes Mal, wenn ich dich sehe, steht die Welt auf einmal still.*

Anna fängt Heringe und Barsche mit dem Speer aus ihrem Boot. Sie versucht, jene innere Ruhe zu empfinden, die sich einstellen soll, wenn man sich allein auf stiller See befindet, doch sie will einfach nicht kommen. Ihr Blick ist auf den Horizont gerichtet, und sicherlich ist er heute wieder genauso atemberaubend wie neulich mit Louise, doch sehen kann sie es nicht. Sie starrt über den Sund hinweg, vorbei an den aus dem Wasser herausragenden Felsen und den Schwänen. Wie soll man die Schönheit von Dingen erkennen, wenn sich der eigene Körper am liebsten von innen nach außen stülpen will?

Manchmal erwischt sie zwei Fische, manchmal sogar mehr. Sie tötet sie mit einem Schlag gegen die Bordwand und lässt sie nach ihrer Rückkehr von ihrem Vater grillen. Sie schmecken nach nichts.

Lollos Mutter verstaut Milch und Sahne in einer Kühlbox. Die Eier bleiben da, Lollos Vater will nach dem Spanienurlaub nämlich noch einmal zurückkommen und von hier aus arbeiten. Lollo soll ihr Zimmer aufräumen. «Verlass es so, wie du es im nächsten Frühjahr gern wieder vorfinden möchtest», hält sie ihre Mutter an. Was sich als schwierige Aufgabe erweist, wenn man es im nächsten Jahr überhaupt nicht mehr vorfinden möchte.

Sie macht ihr Bett und packt ihren Bikini ein.

Um elf Uhr geht die Fähre.

Jedes Mal, wenn ich dich sehe,
steht die Welt auf einmal still,
und ich weiß ja selbst nicht ganz wieso,
aber jedes Mal, wenn ich dich sehe,
spür ich nur noch eins in mir,
zieht es mich ganz nah zu dir,
Jedes Mal das gleiche Spiel, wenn wir uns sehen.

Lollo

LOLLO STECKT MITTEN in einer Chatunterhaltung mit Mimmi und Sofie, und wahrscheinlich bekommt sie deshalb nichts mit. Sofie behauptet, Douglas' neue Frisur sehe aus wie bei einem Emo auf Speed, und schickt gleich das passende Bild dazu, woraufhin Mimmi einwirft, in Norwegen trügen die Jungs die Haare alle so und nun habe diese Frisur eben auch Schweden erreicht. *Klar, wo doch Norwegen das reinste Stilmekka ist!*, kontert Sofie und ergänzt, dass sie noch nicht mal zurück in Schweden seien, sondern immer noch in Griechenland. *Jetzt mal im Ernst*, schreibt sie weiter, *auf dem Bild kann man das vielleicht schlecht erkennen, aber es sieht echt total gestört aus. Das hat er bloß gemacht, weil er den Friseur so süß fand!*

Als die Fähre kommt, muss Lollos Mutter ihr sogar einen leichten Schubs in den Rücken geben, damit sie sich in Bewegung setzt, und darum entdeckt sie Anna auch erst in letzter Sekunde.

Anna und ihr Vater haben keine Koffer dabei, nur eine vollgestopfte Plastiktüte. Die beiden haben genau die gleiche hagere Statur, denkt Lollo. Genauso sehnig und vom Wetter gegerbt, und genau die gleiche Wuschelfrisur. Allerdings hat der Vater ein röteres Gesicht.

Sie nehmen also auch die Fähre.

Ihre Eltern lassen sich in dem Café auf dem unteren Deck der Fähre nieder. Anna und ihr Vater auf demselben Deck ganz vorn. Die Vorstellung, die beiden die gesamte Fahrt über von hinten betrachten zu müssen, ist unerträglich, deshalb geht Lollo auf das obere Deck hinauf und setzt sich vorn ans Fenster. Erik kommt hinterher, und da sitzen sie die nächsten fünf Minuten. Lollos Füße vibrieren. Sie kann Anna durch den Boden hindurch spüren.

«Ich muss runter.»

«Wir sind doch eben erst hochgekommen.»

Ohne eine Antwort nimmt Lollo die Wendeltreppe nach unten und setzt sich neben Peppe.

«Da bist du ja», sagt ihr Vater. «Möchtest du irgendwas?»

Ob sie irgendetwas möchte?

Annas Nacken ist kerzengerade, und von ihrem Platz aus kann Lollo ihr Gesicht nicht sehen. Die Haare hat sie achtlos zu einem dieser Pferdeschwänze zusammengebunden, für die andere Leute einen ganzen Abend aufwenden würden, um das perfekte Maß an Schludrigkeit hinzukommen. Ihr Vater ist nicht bei ihr. Lollo lässt ihren Blick nach ihm ausschweifen, bis sie ihn schließlich in der Warteschlange des Bistros entdeckt.

«Loppan?»

«Jaaaa. Eine Cola vielleicht. Oder nein, lieber ein Mineralwasser.»

Bei dem Wort «Mineralwasser» sieht ihre Mutter derart zufrieden aus, dass Lollo sich flugs noch einmal umentscheidet.

«Oder nein, doch lieber Cola!»

Ihre Antwort gerät ziemlich laut, bestimmt kann man sie bis zu Anna hören. Doch Anna scheint das nicht die Bohne zu interessieren.

Sie weiß, dass sie es nicht anders verdient hat. Auch ohne mit einer Menschenseele darüber gesprochen zu haben, ist ihr klar, dass sie dort beim Rhabarber total fies zu Anna gewesen ist. Je nach Stimmungslage bewertet sie die Situation unterschiedlich. Das eine Mal denkt sie, Anna habe überhaupt kein Recht dazu gehabt, einfach so in ihren Garten zu spazieren und irgendwelche ... Erwartungen zu hegen. Dann wieder findet sie es ganz schön mutig von ihr. Und in diesen Momenten bekommt sie es so richtig mit der Angst zu tun, denn wenn Anna Mut bewiesen hat, als sie das Gartentor öffnete und über den Rasen zu ihr kam, dann war sie selbst der größte Feigling.

Sie hat geträumt, wie sie erneut dort beim Rhabarber hockt, an genau derselben Stelle, und Anna steht wieder hinter ihr. Anna hat sie etwas gefragt, doch in ihrem Traum beginnt sie einfach zu schrumpfen. Ihre Haut wird grün und schleimig, und sie begreift, dass sie sich in eine Kröte verwandelt hat. Danach war sie aus ihrem Traum erwacht und hatte die Szene in Gedanken noch einmal von vorn abgespielt. Anstatt Anna anzuschweigen, wendet sie ihr diesmal das Gesicht zu und sagt: «Hallo Anna!» Und als ihre Mutter «Kennt ihr euch?» fragt, antwortet sie: «Klar, und ihr werdet sie auch bald kennen.» Im Kopf hat sie diese Unterhaltung bestimmt schon hundertmal durchgespielt.

Aber im Leben ist nicht immer alles perfekt, und gelegentlich muss man Entscheidungen treffen. Manche davon tun schlichtweg weh. Das muss sie eben akzeptieren, und Anna ebenfalls. Anna, deren Nacken sich nicht einen Millimeter bewegt.

Erik hat sich neben sie auf die Bank gezwängt und den Arm hinter ihr auf die Rückenlehne gelegt. Bequem kann das nicht sein. Er hat sich ein Mandeltörtchen gekauft und stellt nun philosophische Betrachtungen über die Konsistenz von dessen äußerer Teigschicht im Vergleich zur Füllung an. Erstere definiert er als «mürbe und fettig», Letztere dagegen als «schwammig», und dabei grinst er sie beifallheischend an. Sie schenkt ihm ein pflichtschuldiges Lächeln.

Ihre Mutter schwärmt vom Idyll der vergangenen Tage. Den Spaziergang, auf dem sie und Lollo kaum ein Wort miteinander gewechselt haben, bezeichnet sie als «wunderbare Wanderung durch die Natur». Und den Abend, an dem sie mit Elenor in die Hollywoodschaukel der Nachbarn gekracht ist, als «zauberhaften Sommerabend», obwohl Elenor sogar zu bluten anfing.

Ihre Schilderungen klingen wie eine kunterbunte Aneinanderreihung von Statusmeldungen auf Facebook, die Lollos Vater wiederum mit einem zufriedenen Brummen quittiert. Offensichtlich hatten alle einen unvergleichlichen Urlaub.

Peppe redet schon von Spanien. Dass er zum Surfen nach San Sebastián fahren will und Papa das ruhig auch mal ausprobieren sollte. Sie werden gleich am nächsten Tag abreisen, denn schließlich sind die Ferien kurz, und man will ja alles darin unterbringen. Nicht dass man am Ende noch aus Versehen einen Teil seines Lebens in den eigenen vier Wänden verplempert. Sie werden ihre Pässe holen, ein paar Kleidungsstücke in die Reinigung geben und danach das Land verlassen.

Und dann wird sie nicht mehr nur ein bisschen Wasser

von Sländö trennen. Sondern zweitausendsechshundert Kilometer.

Sie hat keine Ahnung, was sie tun soll, wenn Anna sich jetzt zu ihr umdreht.

Anna

IHR VATER KOMMT mit einer großen Flasche Starkbier und einer Tüte AKO-Kaubonbons zurück.

«Das ist der einzige Ort, an dem man diese Kaubonbons hier findet», verkündet er und lässt die Tüte in Annas Schoß plumpsen.

«Mhm.»

Von sämtlichen Fähren, die sie hätten nehmen können, musste es also ausgerechnet die sein, die auch Familie Scheele nimmt. Dabei muss Peter Scheele ja wohl sicher nicht bei der Erniedrigungskasse vortanzen, um sich ein neues Attest abzuholen. Warum also müssen sie gerade jetzt abfahren?

Die Rollkoffer, die sie beim Betreten der Fähre hinter sich hergezogen haben, lassen darauf schließen, dass sie ganz abreisen. Was ihr nur recht sein soll, dann kann sie sich vielleicht endlich wieder frei auf der Insel bewegen, ohne jedes Mal wie ein verschrecktes Reh zusammenzuzucken, sobald sie irgendwo eine Person mit Pferdeschwanz sichtet. Hoffentlich kommen sie gar nicht erst zurück.

«Ab Sländö?», erkundigt sich einer der athletischen jungen Männer, die auf der Fähre arbeiten.

«Was sonst!»

Ihr Vater lacht, macht eine Bemerkung, wie gut die Motoren klängen, und beginnt, in seinen Taschen zu kramen. Ein Fünfziger, drei Zwanziger und ein Zehner. Ohne Fahrschein darf man die Fähre nicht verlassen, und einer kostet 110 Kronen.

«Für sie hier reicht's gerade», sagt er. «Ich für meinen Teil werde wohl so lange weiter mit der Fähre rumschippern müssen, bis ich das Zeitliche segne. Ich würde doch bestimmt einen ganz brauchbaren Klabautermann abgeben, oder glauben Sie nicht?»

Mit einem Lächeln wirft der junge Mann seine blonde Stirnlocke zurück und pflichtet Annas Vater darin bei, dass er ein ganz hervorragender Klabautermann wäre. Der wühlt weiter in seinen leeren Taschen.

«Aber morgen kommen wir schon zurück, da wollen wir nämlich wieder raus auf die Insel. Wär doch bestimmt okay, wenn ich dann bezahle?»

Im Gegensatz zu dem Mann im Inselladen zögert der junge Kerl mit der Stirnlocke nur wenige Sekunden.

«Geht schon klar.»

Alle können sie hören. Anna dreht sich nicht um, aber sie weiß, dass Louise mitten in der Cafeteria sitzt und dabei zuhört, wie ihr Vater um Aufschub wegen des Fahrscheins bittet. Sie kann sich vorstellen, wie sie einander vielsagende Blicke zuwerfen, Louise und all die anderen, bei denen Geld keine Rolle spielt. Sie kann sich vorstellen, wie sie sich darin sonnen, etwas Besseres zu sein.

Letzten Endes waren es nichts weiter als ein paar Tage. Ein paar wenige Tage ihres Lebens, das insgesamt aus unzähligen Tagen besteht. Sie sollte ihnen keine größere Bedeutung beimessen als anderen Tagen auch. Doch wenn sie die Lippen aufeinanderreibt, ist das Gefühl von Louises Mund wieder da. Ihr Duft und ihre Haut und das tiefe, pulsierende Glücksgefühl, wenn sie sich ihre wilden Geschichten ausdachte. Oder von ihren Freunden erzählte. «Keine Ahnung, wer ich bin, zusammen mit den anderen, meine ich.» Das Gefühl, dass sie, Anna, etwas zu sehen bekommen hat, das sonst noch niemand gesehen hat. War das alles nur ein Trick, ein schlechter Scherz, und wo stand in dem Fall die Kamera?

Obwohl es eigentlich keine Rolle spielt, kann sie an nichts anderes denken. Ihre Gedanken wollen nicht zur Ruhe kommen, sie jagen zwischen dem Strand und dem Felsen und zwei Augenpaaren hin und hier, zwischen Nächten und Tagen und Louise, die sie geküsst hat.

Die Fahrt mit der Fähre dauert zwei Stunden. Zweimal versucht ihr Vater, ein Gespräch mit ihr anzufangen, einmal glaubt er vergessen zu haben, die Milch zu Hause wegzuschütten, das andere Mal will er erörtern, warum alle unbedingt ein Buster besitzen wollen. Ein Buster ist so ein Aluminiumboot, das er sich gern kaufen möchte, sollte er mal im Lotto gewinnen, trotz allem hält er es für überbewertet. Annas Antworten fallen äußerst einsilbig aus, und so verstummt schließlich auch ihr Vater.

Anna hat vierzehn SMS bekommen. Nachdem ihr Handy eine Weile lang laden konnte, trudeln sie allmählich eine nach der anderen ein. Die meisten stammen von Mekonnen, ein paar aber auch von Wilma. Eine enthält einen Link, den sie nicht öffnen kann, doch ihr Vater hat ihr versprochen, dass sie noch vor dem Schulstart auf dem Gymnasium endlich ein eigenes Smartphone bekommt. Für den Fall, dass er das wieder vergessen sollte, hat Mekonnen ihr schon seines in Aussicht gestellt, sobald er sich ein neues holt. Auf dem Gymnasium kann man sich mit so einem alten Tastentelefon nämlich definitiv nicht blickenlassen.

Aus den SMS erfährt Anna zum Beispiel, dass Wilma sich ein normales Skateboard zugelegt hat, weil sie damit mehr Tricks machen kann. Einige Tage später hat sie Anna in einer weiteren SMS darüber informiert, dass ihr von dem Skateboard die Füße weh tun und sie deshalb zum Longboard zurückgekehrt ist. Mekonnen hat ihr aus irgendeinem unerfindlichen Grund etliche SMS zur aktuellen Wetterlage gesendet. Als wäre sie ans andere Ende der Welt gereist. *Vielen Dank für die Berichterstattung, Mekonnen, oder soll ich lieber schreiben: Herr Meteorologe?*, simst sie ihm zurück. Hinter sich hört sie Louise lachen.

Als sie endlich an den Achterbahnen und dem Kettenkarussell von Gröna Lund vorübergleiten und in Richtung Slussen schwenken, schmerzen ihr die Kiefer. Ihr Vater schnappt die Tüte mit den leeren Bierdosen, sie zieht ihr Ladegerät aus der Steckdose.

Im Hinausgehen wirft sie noch einen schnellen Blick zurück. Familie Scheele sitzt noch immer auf ihren Plätzen, vermutlich steigen sie am Strömkajen aus. Louise sieht sie geradeheraus an.

Lollo

SIE SIND SO KLEIN. Nachdem sie zuletzt noch die Größten waren, gehören sie nun wieder zu den Kleinsten, einer aus der Abschlussklasse hat sogar schon einen Bart. Noch im Frühjahr hatten sie lautstark die Korridore beherrscht, jetzt wissen sie kaum, wo sie hinmüssen. Nur Mimmi war schon öfter hier, weil ihre Schwester ebenfalls die Östra Real besucht hat.

An diesem ersten Tag werden lediglich die Namen verlesen, danach dürfen sie alle wieder nach Hause gehen. Somit hat Lollo heute schon in einem Klassenraum gesessen und bei der Nennung ihres Namens «Ja» gesagt, während ihr Blick zwischen ihren neuen Mitschülern hin und her gewandert ist. In der Mehrzahl sind es ihre alten Mitschüler.

Lollo ist die Braungebrannteste von allen. Das ermitteln sie im direkten Vergleich, sie und Mimmi und Douglas, indem sie ihre rechten Arme nebeneinanderhalten. Allerdings sei ein sonnengebräunter Teint mittlerweile schon gar nicht mehr so angesagt, bemerkt Mimmi. Bleich sei jetzt die Haute Couture. Woraufhin Douglas einwirft, dass eine Hautfarbe ja wohl schlecht Couture sein könne.

Abgesehen davon, dass Sofie nicht mit dabei ist und manche Schüler schon Bärte tragen, ist es eigentlich wie immer.

«Wie läuft's eigentlich mit deinem Kerl?», erkundigt sich Mimmi.

«Jetzt mal langsam, was denn für ein Kerl?», will Douglas wissen.

«Dem Kumpel von ihrem Bruder.»

«Oh Mann», wimmert Douglas, «so einen Bruderkumpel will ich auch!»

Lollo muss über seinen dramatischen Ausruf lachen, genau wie er es beabsichtigt hat.

«Wir haben uns aus den Augen verloren», gibt sie zur Antwort.

Mimmi starrt sie an.

«Was soll das heißen, ihr habt euch aus den Augen verloren? Er wurde doch mit Sicherheit nicht einfach vom Erdboden verschluckt?»

«Wollen wir nach Hause gehen?», fragt Lollo. «Oder noch irgendwo ein Eis essen?»

Mimmi lässt in Sachen Erik nicht locker, obwohl sie längst ein Softeis mit Schokostreuseln in den Händen hält.

«Aber mal im Ernst, was ist denn passiert? Das klang doch alles superromantisch!»

«Redet ihr von Spanien?», will Douglas wissen.

«Nein, von Sländö. Hast du Douglas gar nichts davon erzählt?»

Lollo erklärt, sie hätten einfach keine gemeinsame Basis gehabt. Ihre Vorstellungen seien nicht dieselben gewesen, sie seien schlichtweg zu verschieden. Das klingt logisch, und die beiden anderen schenken ihr ein mitfühlendes Nicken.

«Es passt eben nicht immer», stellt Mimmi fest.

Und Douglas sagt: «Ja, man muss die gleiche Wellenlänge haben. So wie Dimitrios und ich!»

Als er den Namen Dimitrios sagt, klingt es wie eine Melodie. Wie es scheint, hat er sich mit seinem Friseur in Griechenland verlobt.

«Allerdings nenn ich ihn jetzt nicht mehr meinen Friseur, sondern Frisüüüß. Meine Güte, was der Arme hat!»

Mit einem Kichern wiederholt Mimmi «Frisüüüß». Während Lollo an ihrem Softeis leckt, mustert sie Douglas. Wie er mit übereinandergeschlagenen Beinen dasitzt und ungeniert über seinen Liebsten in Griechenland spricht, so als wäre kein Detail zu privat. Ebenso gut könnte er sich auf einen Briefkasten stellen und lautstark verkünden: ICH BIN SCHWUL!

Sie geht jede Wette ein, dass er das tun würde.

Sie hat nichts gegen Homosexuelle, ganz und gar nicht. Niemand von ihnen hat etwas gegen sie. Aber deshalb braucht er es ja nicht gleich derart an die große Glocke zu hängen und so viel Aufhebens darum zu machen. Woher nimmt er bloß den Mut? Andere Leute können schließlich auch nicht immer tun, was sie wollen, wie kann er da glauben, ausgerechnet er wäre eine Ausnahme?

«Woher willst du denn bitte wissen, ob ihr euch versteht, wo ihr noch nicht mal dieselbe Sprache sprecht?», fragt sie ihn eine Spur zu bissig.

Douglas sieht sie verwundert an.

«Aber Süße», erwidert er, als müsste sie getröstet werden. «Die Sprache der Liebe ist universell. Außerdem spricht er Englisch. Darling, Baby, I love you, kiss me ...»

Er und Mimmi kichern um die Wette. Für manche ist es anscheinend so einfach.

«Gott, wie ich euch beide beneide», seufzt Mimmi und stellt ihren Eisbecher weg. «Ich hätte auch gern einen

Sommerflirt! Wenn ich mir vorstelle, wie ihr jeden Abend im Sonnenuntergang gesessen und euch dabei tief in die Augen geschaut habt, und dann ging das bestimmt die ganze Zeit so: ‹Du bist so schön! Nein, du! Nee, du!›»

Plötzlich scheint sie ein Gedanke zu durchzucken, sie schnappt nach Luft und wendet sich zu Lollo.

«Habt ihr miteinander GESCHLAFEN?»

Lollo muss an all die Sonnenuntergänge denken. An die, die sie mit Anna zusammen erlebt hat, mit Annas Gesicht ganz dicht an ihrem und um sie herum der Feuerduft. Und an diesen einen, den sie nicht zusammen mit Anna erlebt hat, obwohl sie sich um acht Uhr hatten treffen wollen.

«Das hätte ich dir ja wohl gesagt, wenn ich mit ihm geschlafen hätte», gibt sie zurück. «Schließlich wollten wir uns immer alles erzählen.»

«Nur mir nicht», entgegnet Douglas.

«Du warst ja beschäftigt.»

Douglas schmollt für einen kurzen Augenblick, dann kehrt das verliebte Grinsen in sein Gesicht zurück. Er erörtert diverse Möglichkeiten, wie Dimitrios mit seinem schmalen Friseurgehalt nach Schweden kommen könnte, und ihren Altersunterschied von vier Jahren, der ja im Grunde aber lächerlich sei, wenn man aufs Gymnasium geht. Anschließend schwärmt er erneut von Dimitrios' Armen und wie sie sich am Strand geküsst haben, mitten in der Nacht, als außer ihnen sonst niemand dort war.

Lollo knabbert ihr Eishörnchen in sich hinein und muss dabei an die Wahrheit denken, die in diesem Sommer zur Lüge wurde: dass sie sich nämlich immer alles erzählen wollten.

Sie sind jetzt erwachsen, und genau darüber möchte sie gern mit Mimmi und Douglas sprechen. Okay, volljährig sind sie zwar noch nicht und dürfen folglich auch in den nächsten zwei Jahren noch keine Zigaretten kaufen. Doch immerhin hat Douglas sich mit einem Zwanzigjährigen verlobt, und sie selbst hat gelernt, erwachsene Entscheidungen zu treffen. Sie möchte mit ihnen darüber reden, welche Bürde damit verbunden ist, auf seinen Verstand zu hören, anstatt einfach seinem Herz zu folgen, wie sie einen schwer nach unten drückt, während man gleichzeitig merklich daran wächst. Ein paarmal öffnet sie schon den Mund, doch selbst wenn sie die richtigen Worte fände, würden sie im Moment nicht hierher passen. Mimmi schwärmt von einem Jungen mit unglaublich schönen Augen aus der Stufe über ihnen. Und Douglas übt, «Ich liebe dich» auf Griechisch zu sagen.

«Ein bisschen wie Zack Efron», fährt Mimmi fort, «bloß eben mit hellen Haaren. Wisst ihr, wen ich meine?»

Lollo versucht, sich ihr künftiges Leben vorzustellen. Sie wird also dieses Gymnasium besuchen und sich mit ihren Freunden über Jungs und Schuhe austauschen. Sie wird in Mathe und Sozialkunde und in Bio gehen, an Projekttagen teilnehmen und gute Noten schreiben. Douglas trösten, wenn Dimitrios Schluss mit ihm macht, und sich ihrerseits einen Freund zulegen, der entweder gleich mit Erik identisch ist oder doch zumindest Erik ähnelt. Sie wird Juristin werden oder ein Unternehmen leiten. Heiraten. Sich in der Midlife-Crisis die Haare blondieren und das Fett absaugen lassen, an ihren Kindern herummeckern und noch mehr Boote kaufen. So lange Roséwein trinken, bis er durch ihre Adern rinnt, und sterben.

«*Se agapo*», intoniert Douglas. «*Se agapooo. Sagapao.*»

Lollo überläuft ein Schauer. Ihr Leben als Erwachsene scheuert jetzt schon wie eine neue Jeans, und dabei hat es doch gerade erst angefangen. Sie steht auf.

«Ich muss los.»

Anna

DAS HUDDINGE-GYMNASIUM ist gigantisch. Wie ein riesiger brauner Umzugskarton mit acht Fensterreihen. Wie soll man da wissen, wo man hinmuss? Und wer sagt einem, dass man nicht von den Wänden verschluckt wird und verschwindet? Anna blickt an der Fassade hinauf und mustert heimlich die in Grüppchen um sie herumstehenden Schüler. Einige von ihnen sind schon richtig erwachsen. Sogar der Geruch hier ist anders.

Inmitten dieser unbekannten Welt klingt das Geräusch von Mekonnens Longboard traumhaft. Er kommt mit einem eleganten Schwung vor ihr zum Stehen und schnappt mit der linken Hand sein Brett.

«Hey, Kumpel!»

Beim Anblick seines vertrauten Gesichts muss sie lächeln. Es sieht noch ganz genauso aus wie im Frühjahr, nur ein wenig kantiger vielleicht.

«Hey, Kumpel», gibt sie zurück.

«Ich hab jetzt Wirtschaftsrecht», sagt er.

«Woher weißt du das?»

«Ich hab so 'n Zettel zugeschickt bekommen.»

Anna hat keinen Zettel gesehen. So ist das manchmal mit der Post, sie verschwindet. Mekonnen schlägt vor, sie solle einfach so tun, als ob sie ebenfalls Wirtschaftsrecht hätte. Und falls das nicht stimmen sollte, könne sie immer noch behaupten, sie hätte sich verlesen.

«Seid ihr gestern zurückgekommen?», fragt er.

«Mhm.»

«Und wann darf ich mal mit?»

«Sobald ich dort ein neues Haus gebaut habe.»

«Und davon hast du Ahnung?»

Sie zuckt mit den Achseln.

«Ich werd's einfach lernen. Auf dem Gymnasium.»

«Ach ja, richtig. Hatte ich schon wieder ganz vergessen, du hast dich ja fürs Hausbauprogramm beworben.»

Er knufft sie in die Seite, sie knufft zurück. Sie kennen sich schon seit dem Kindergarten.

«Ich hab im Sommer ein Mädchen kennengelernt», sagt er.

«Ach, echt?»

Ich auch, sagt sie aber nicht.

«Megahübsch. Sie heißt Beyoncé.»

Anna lacht.

«Hast du sie gesehen?»

«Ja.»

«Im Globen?»

«Nein, auf einem Foto.»

Sie stupst ihn erneut mit dem Finger in die Seite. Wunderbarer Mekonnen, sein verschmitztes Grinsen ist wie ein Teil von ihr, er ist für sie wie ein Bruder. Ich hab tatsächlich ein Mädchen kennengelernt, könnte sie deshalb jetzt einfach erwidern. Noch viel hübscher als das aus deinen Träumen. Sie hatte schmale Augen und einen weichen Mund, und wenn sie mit mir gesprochen hat, hatte ich das Gefühl, ich bin etwas ganz Besonderes. Sie hat mich geküsst, ich schwör's! Das war wie in einer anderen Welt.

«Weißt du was, das Haus mit allem Drum und Dran», sagt sie stattdessen, «das gehört mir.»

«Davon war ich jetzt mal ausgegangen. Wäre schließlich etwas seltsam, ihr würdet immer dorthin rausfahren, obwohl es eigentlich jemand anderem gehört.»

Sie schüttelt den Kopf.

«Nein, es gehört mir ganz allein. Mein Vater hat es mir geschenkt.»

Das klingt deutlich besser, als wenn sie gesagt hätte, er habe das Grundstück auf sie überschrieben, um dem Gerichtsvollzieher zu entgehen.

«Ich werde dort ein neues Haus bauen.»

«Echt jetzt??»

«Ehrenwort! Und der Garten wird der Hammer, inklusive Fliedersträuchern! Ich weiß schon genau, wie alles aussehen soll.»

Sie weiß, dass sie ihren Plan in die Tat umsetzen wird. Ihr Grundstück, ihre Verantwortung. Wie sie das alles bewerkstelligen soll, muss sich allerdings noch zeigen.

«Hast du Wilma schon gesehen?»

Sie finden sich in einem ziemlich schönen Klassenraum wieder, schöner als an ihrer alten Schule. Der August ist ebenso sonnig wie der Juli, und durch die Fenster kitzeln sie die Sonnenstrahlen in den Augen. Anna steht nicht mit auf der Liste, der Lehrer hat ihr jedoch versprochen, ihr später bei der Suche nach ihrer richtigen Klasse behilflich zu sein. Mekonnen erhält seinen Stundenplan.

Wilma ist nirgendwo zu sehen. Weder in ihrem Klassenraum noch auf einem der Korridore oder draußen bei den Rauchern. Sie wollte doch auch auf die Huddinge gehen? Anna schickt ihr eine SMS, um nachzuhaken, bekommt aber keine Antwort. Als sie gerade anrufen will, kommt

Mekonnens Lehrer in Begleitung einer weiteren Person auf sie zu.

«Das ist deine Klassenlehrerin Hirut.»

Hirut lächelt sie an. Sie hat schwarze Haare und Pausbacken.

«Einen Teil der Informationen, die du bei mir verpasst hast, hast du vermutlich schon bei Håkan bekommen.»

«Okay.»

«Und das hier ist dein Stundenplan. Willkommen! Jetzt gehst du am besten gleich zum Hausmeister, wo du fotografiert wirst und deine Zugangskarte erhältst. Damit du morgen auch durch die Tür kommst.»

Ihr Handy summt, Nachricht von Wilma.

«Mhm. Danke.»

Die Welt setzt sich aus vielen Welten zusammen.

In einer davon sitzt sie mit ihrem Vater im Paradies und grillt Fleischwurst. Das ist die Welt ihrer Kindheit und ein Ort, wo sie die Nähe ihrer Mutter zumindest flüchtig spüren kann, in der das Rotkehlchen zwischen Plumpsklo und Wacholdersträuchern herumfliegt und sich Bierdosen neben dem Grillplatz stapeln. Belegte Brote zum Frühstück, zum Mittagessen und zum Abend.

Eine weitere Welt ist die zu Hause, wo ihr Vater ebenfalls ist, und manchmal auch noch Dojan. Wenn er besonders starke Schmerzen hat, liegt ihr Vater auf dem Sofa, manchmal will er aber auch am Küchentisch Karten spielen. Zu Hause ist es meistens still, und wenn nicht gerade das Radio läuft, kann man die Wanduhr ticken hören. Ab und zu sind aber auch Leute da, und dann verschwindet sie lieber auf ihr Zimmer. Sie trinken zusammen, und dabei wird es immer richtig laut. Sie hasst es, wenn Leute da sind.

In einer anderen Welt hält sie Louises Hand und ihre Finger sind ineinander verflochten. Das ist eine Welt für sich, eine Welt jenseits aller anderen, denn außerhalb dieser Welt kann es sie beide nicht geben. Dort redet sie über alles, was ihr gerade in den Sinn kommt, sie saugt Louises Worte in sich auf und bewahrt sie in ihrem Herzen. Diese Welt besteht aus anderen Steinen und anderem Gras, man hat dort ständig Gänsehaut und möchte sie nie mehr verlassen.

Noch eine Welt ist die, wo sie mit ihren Freunden zusammen ist. Anfangs war das die Rågsved-Schule, auf der sie gefühlt ihr ganzes Leben verbracht haben. Dort haben sie das Lesen und Schreiben gelernt, erst Mekonnen und später auch sie und Wilma. Bei Alex hat es bis zur dritten Klasse gedauert, bis er Nachhilfe bekam. Dafür ist er gut im Auswendiglernen. Damals, als sie noch klein waren, war Wilma zu ihr und Mekonnen gekommen, als sie gerade auf ihren Brettern herumbalancierten, sie wollte es auch gern ausprobieren. Im Grunde genommen ist diese Welt von allen die größte, denn seit jenem Tag ist sie dem abgestandenen Rauch und der Langeweile zu Hause nach draußen entflohen, sobald sie nur konnte. Mekonnen, Alex und Wilma haben immer Lust, mit den Brettern loszuziehen. Manchmal sind sie zu mehreren, und manchmal nur zu viert. Und ein Teil dieser Welt besteht darin, dass man sich gegenseitig auf dem Laufenden hält. Alex berichtet, ob sein Bruder gerade einfährt oder entlassen wird, ob seine Schwester zum Entzug geht oder nicht. Solche Dinge können sie einander erzählen. Und nun schreibt Wilma ihr also, dass sie erst morgen kommen kann, weil ihre Mutter auf der Intensivstation liegt und hustet.

Die Welt setzt sich aus vielen Welten zusammen, und nun steht sie also vor ihrer neuen, kolossalen Schule mit einem Stundenplan in der Hand und Wilmas SMS. Sie weiß, was Intensivstation bedeutet, was es heißt, wenn man hustet, aber sie weiß auch, dass sie immer für Wilma da sein werden. Und das schreibt sie ihr auch, und Mekonnen schreibt es ihr ebenfalls. *Wir sind immer für dich da, Kumpel!* Sie haben auf ihren rollenden Brettern noch alles überstanden, und sie werden auch die nächsten drei Jahre hier überstehen. Ganz egal, was passiert.

Mit einem Mal scheinen die anderen Welten überhaupt nicht mehr zu existieren.

Lollo

DAS HERZ HAT eine ganz ungleichmäßige Oberfläche, aus lauter kleinen Flächen, wie sie beim Schnitzen ohne zu schmirgeln entstehen. Jedes Detail fühlt sich auf ihrer Haut besonders an. Lollo dreht das Herz in ihrer Hand, drückt den Daumen gegen seine Spitze, dreht es erneut. Wenn sie es mit den Fingern umschließt, fühlt es sich fast lebendig an.

Sie liegt auf dem Bett, und als sie die Augen schließt, kann sie Annas Gesicht wieder sehen. Sie hatte vornübergebeugt dagesessen, mit ihrem Messer und ihrem Holzstück in der Hand, und alles an ihr war konzentriert gewesen. Die Lippen fest aufeinandergepresst, der Blick fokussiert, und Lollo war sich durchaus bewusst gewesen, dass sie sie mit dem Kuss aufs Ohr stört. Sie kann sich an das leichte Zucken von Annas Wange erinnern, und wie sie lächelte.

Sie liegt schon seit dem Frühstück hier.

Gestern war Samstag, und sie hat sich mit ihrer Mutter gestritten. Und zwar nicht nur so ein bisschen gekabbelt, sondern richtig. Sie hatten einen handfesten Streit. Wegen Candy Crush. Sie kann sich nicht mehr an alles erinnern, was sie sich gegenseitig an den Kopf geworfen haben, aber sie weiß noch, dass ihre Mutter sie ein Monster genannt hat. «Wie ist aus dir bloß so ein Monster geworden?»

Hinterher hatte sie Mimmi angerufen, und sie waren zusammen in die Stadt gefahren, um Mäntel anzuprobieren. Es hat aber trotzdem nicht aufgehört.

Ihre Finger spielen mit dem Holzherz. «Riech mal», hatte Anna gesagt, doch das hat sie, wenn sie sich recht erinnert, nicht getan. Jetzt hält sie es sich unter die Nase und inhaliert dessen Duft. Dabei kann sie Annas Stimme hören. «Das ist Wacholder.»

Es klopft an der Tür, die daraufhin unvermittelt geöffnet wird.

Lollo schließt die Finger fest um das Herz und verbirgt es in ihrer Hand. Ihre Mutter tritt ins Zimmer. Lollo funkelt sie böse an.

«Was willst du?»

Ohne eine Antwort setzt sich ihre Mutter zu ihr ans Fußende.

«Hey!», raunzt Lollo sie an. «Was. Du. Willst.»

Ihre Mutter seufzt.

«Das ist gestern total aus dem Ruder gelaufen», sagt sie.

«Du meinst, als du mich ein Monster genannt hast?»

Wieder schweigt ihre Mutter. Dann nimmt sie Lollos Zehen und ruckelt ein wenig daran.

«Du bist selbstverständlich kein Monster.»

«Und warum hast du es dann gesagt?»

Sie will, dass ihre Mutter reagiert, dass sie ihr vorhält, wo sie gestern überall übers Ziel hinausgeschossen ist, damit sie mit «Ja, aber du» kontern kann und dann alles aufzählen, was ihre Mutter dafür falsch gemacht hat. Daraufhin wird ihre Mutter wieder wütend werden, und alles, was sich in ihr aufgestaut hat, wird aus ihr herausplatzen.

Doch stattdessen streichelt sie nun Lollos Fuß, so wie man ein Tier streicheln würde, das einen beißen könnte.

«Ist es wegen Erik?», fragt sie.

«Was ist wegen Erik?»

«Das hier. Deine Stimmung. Ist zwischen dir und Erik irgendetwas vorgefallen?»

«Wieso sollte zwischen Erik und mir etwas vorgefallen sein, bloß weil wir beide miteinander Streit haben? Da könnte ich ja genauso gut fragen, ob zwischen dir und Papa irgendwas vorgefallen ist.»

Ihre Mutter verzieht keine Miene, dabei bekommt Lollo doch tagtäglich mit, wie die beiden flüsternd miteinander zanken.

«Manchmal können Männer dafür sorgen, dass es einem schlechtgeht», sagt ihre Mutter. «Manchmal gibt man zu viel oder fühlt sich unverstanden ... oder sie drängen einen, na ja, zu bestimmten Sachen.»

Lollo starrt ihre Mutter an. Drängt ihr Vater sie zum Sex? Oder wovon redet sie?

«Ist es das?», fragt ihre Mutter weiter. «Ist irgendwas in der Art vorgefallen? Oder habt ihr Schluss gemacht? Du kannst mir ruhig sagen, was los ist.»

Lollo möchte am liebsten wieder an ihrem Herz schnuppern. Doch das liegt fest verschlossen in ihrer Hand. Sie spürt, wie ihre Atmung zu stocken beginnt.

«Und was kümmert dich das?», fragt sie leise.

«Du bist doch mein kleines Läuschen.»

«Ach ja?»

«Und ich hab dich lieb.»

«Aha.»

«Du sollst wissen, dass du immer mit mir reden kannst.»

«Aha.»

«Und ehrlich gesagt ... du bist jetzt ja schon seit einem Jahr ein bisschen schwierig, aber traurig warst du bisher nie, erst seit diesem Sommer.»

Lollos Brustkorb schmerzt. Sie presst sich die geschlossene Hand aufs Herz.

«Ich bin nicht traurig.»

Ihre Mutter steht vom Fußende auf und setzt sich neben sie. Sie streckt ihre Hand aus und wischt die Tränen von Lollos Wange.

«Und warum weinst du dann?»

In die Hand ihrer Mutter zu weinen, ist erniedrigend und schön zugleich. Lollo erzählt ihr nicht, was los ist, doch ihr gestriger Streit fällt allmählich von ihr ab, und als sie ihre Mutter bittet, das Zimmer zu verlassen, klingt ihre Stimme freundlich.

Sie gibt das Wacholderherz wieder frei, löst langsam einen Finger nach dem anderen und betrachtet ihren schlichten, hölzernen Schatz. Es existiert tatsächlich, ganz real und greifbar. Es ist kein Traum, so wie auch Anna kein Traum ist. Vor nicht allzu langer Zeit befand sich ihr Körper genauso nah bei ihrem wie das Herz. Vor nicht allzu langer Zeit hatte sie das Gefühl zu fliegen, und wenn Douglas sich mit einem griechischen Friseur verloben kann, dann kann sie ja wohl ... tja, eben auch etwas tun. Eventuell.

Sie kennt ja noch nicht einmal Annas Nachnamen.

Sie lässt sich Zeit. Lässt das Abendessen und den Nachtisch verstreichen und den Abend ins Unterhaltungsprogramm im Fernsehen übergehen. Sie will auf keinen Fall zu eifrig wirken, oder dass die anderen denken, es hätte gar mit ihren Tränen zu tun. In der zweiten Werbepause stellt sie ihre Frage, und zwar mit ihrer allergelangweiltesten Stimme.

«Sag mal, wie hießen die denn eigentlich, die dir mit dem Boot geholfen haben?»

«Meinst du Stefan?»

Lollo blickt auf.

«Wieso Stefan? Hat er dir etwa auch mit dem Boot geholfen?»

«Na ja, er hat mir doch gezeigt, wie man den Kühlschrank in Betrieb nimmt.»

«Dann hat er dir doch nicht mit dem Boot geholfen, sondern mit dem Kühlschrank.»

«Dann eben mit dem Kühlschrank auf dem Boot.»

Die Werbung ist vorbei, und die flotte Titelmelodie der Sendung lockt Lollos Mutter aus der Küche zurück.

«Hm, meinst du vielleicht den ... schrägen Vogel, der sich unsere Schraube angesehen hat?», fragt Lollos Vater.

«Mhm.»

«Tja, du, wie hieß der noch mal ... Ove? Åke?»

«Ja, Åke ist richtig», mischt sich Lollos Mutter ein.

«Und mit Nachnamen?»

Ihr Vater hat den Blick auf die Mattscheibe gerichtet, wo Künstler aus den Neunzigern ihre alten Hits vortragen und Fragen beantworten dürfen. Eine ihr unbekannte Frau beginnt zu singen, doch die Stimme kennt sie. Das ist Lisa Nilsson. Das muss ein Zeichen sein.

«Keine Ahnung», sagt ihre Mutter.

«Nee», sagt ihr Vater.

«Warum willst du das wissen?»

Lisa Nilsson singt nicht *Jedes Mal, wenn ich dich sehe,* doch in sich drin hört Lollo genau dieses Lied. Sie schüttelt den Kopf.

«Hat mich bloß mal interessiert.»

Ohne den dazugehörigen Nachnamen kann man eine Person namens Anna unmöglich ausfindig machen. Nicht einmal mit dem Wissen, dass sie in Rågsved wohnt. Man kann schließlich keinen Steckbrief googeln, à la «duftet nach Feuer und hat Sommersprossen». Und Telefonnummern haben sie keine ausgetauscht, weil ja gar nicht klar war, wie alles weitergeht. Sie besitzt weder eine Anschrift noch eine Mail-Adresse. Im Grunde weiß sie überhaupt nichts. Abgesehen von dem Namen eines Gymnasiums.

Anna

AM MONTAG KOMMT Wilma schließlich. Der Zustand ihrer Mutter sei nun stabil, sagt sie, sie habe die Intensivstation verlassen dürfen und wäre nun wieder zu Hause in ihrem eigenen Bett.

«Alles beim Alten also», fährt sie fort und versucht, sich dabei so wie immer zu geben.

Doch die Angst steht ihr ins Gesicht geschrieben.

Anna und Mekonnen kennen sich in den Korridoren mittlerweile schon recht gut aus. Die Schließfächer hier sind winzig, weil man unbedingt drei Reihen übereinander anbringen musste, und ihre Bretter passen nicht hinein. Bisher haben sie sie einfach mit in den Klassenraum genommen, aber vermutlich ist das nicht erlaubt. Etliche Schließfachtüren sind voller Kritzeleien.

«Hirut scheint in Ordnung zu sein», erklärt Anna. «Bei Christer bin ich mir da noch nicht so ganz sicher. Wie alt ist der überhaupt?»

«Mindestens hundert», wirft Mekonnen ein. «Bestimmt musste er seine Geburtsurkunde fälschen, damit er hier arbeiten darf. Und mal ehrlich, sein Englisch ... *Hello class.*»

Wilma lacht. «Hello class», imitiert sie ihn mit ebenso breitem schwedischem Akzent.

Draußen lassen sie ihre Bretter auf die Straße fallen. Der Unterschied ist offensichtlich, hier stehen nicht scharenweise Siebtklässler herum, die ihre Tricks voller Bewunderung bestaunen. Genau genommen tut das hier kein Einziger, was Mekonnen allerdings nicht weiter kümmert. Er führt ihnen eine 180-Grad-Drehung aus dem Stand vor, die er neu gelernt hat. Es sieht nicht sonderlich schwierig aus. Anna bringt sich in Position und setzt zum Sprung an. Sie hat die Knie bereits gebeugt und tief Luft geholt und will gerade abspringen, als ihr Blick auf eine Gestalt am Eingang fällt.

Ein schimmernder Pferdeschwanz, schmale Augen, braun gebrannte Wangen und diese spezielle Haltung in den Beinen.

Anna erstarrt mitten in der Bewegung. Die Geräusche um sie herum scheinen wie in weite Ferne zu verschwinden. Alles Blut weicht schlagartig aus ihrem Gesicht.

Louise kommt auf sie und die beiden anderen zu. Ein, zwei, drei, vier, fünf, sechs, sieben, acht, neun Schritte. Und bleibt genau vor Anna stehen.

«Hey», sagt sie.

Diese Stimme hat sie zuletzt an einem Schärenstrand gehört.

«Hallo», erwidert Anna.

Ihr Hals ist wie zugeschnürt, genau wie bei ihrer allerersten Unterhaltung. Mit gerunzelter Stirn blickt sie zu Mekonnen und Wilma hinüber, die daraufhin den Rückzug antreten, sich auf ihre Bretter stellen und verschwinden.

Jetzt sind sie beide miteinander allein.

«Ähm», macht Anna.

Was soll sie sonst auch anderes sagen.

Warum ist Louise hier? Wie hat sie sie gefunden? Sie

wird ja wohl kaum hier auf die Schule gehen? Oder wollte sie eigentlich jemand anderen treffen?

Louise lächelt.

«Hey», sagt sie noch einmal.

«Hey.»

Sie artikuliert das Wort wie sonst die Bettler in der U-Bahn. *Heeeyyy, wir kennen uns doch überhaupt nicht.* Louise beißt sich auf die Lippe, was will sie von ihr? Die Luft erreicht nur noch stoßweise ihre Lungen, ihr ganzer Körper zittert, das war bis eben noch nicht so.

«Ich musste an dich denken», fährt Louise fort.

Anna versucht, aus Louises Worten schlau zu werden. Louise musste also an sie denken. Die Worte kommen nicht bei Anna an, ihr ganzer Körper bebt, sie muss sich an der Nase kratzen.

«Jeden Tag», sagt Louise weiter.

Sie blickt Anna in der Erwartung einer Antwort an. Sie werden von allen Seiten angeglotzt, oder zumindest verstohlen beobachtet.

«Du, lass es einfach gut sein», entgegnet Anna.

Louise streckt die Hand aus und berührt ihren Arm.

«Bitte verzeih mir, was ich getan habe.»

Die Berührung durchfährt sie wie ein elektrischer Schlag, in ihr sind all ihre Sehnsüchte des Sommers vereint. Verzeih mir, was soll das denn bitte heißen? Anna ist schlecht.

«Hörst du denn nicht, was ich sage? Lassen wir's einfach darauf beruhen.»

Louise sieht ihr in die Augen, fordert ihren Blick heraus.

«Okay», sagt sie schließlich. «Tschüss.»

Nachdem Louise sich zum Gehen gewandt hat, kommen Wilma und Mekonnen wieder zu ihr her.

«Mann, war die hübsch!», schwärmt Mekonnen. «Also, ich meine, megahübsch! Wer war das?»

Anna blickt Louise nach. Ihrem so besonderen Gang, die Füße leicht nach innen gedreht, ihrem Pferdeschwanz. Was war denn das gerade?

«Ein Mädchen», sagt sie nur.

Ein Mädchen, das meine Freundin hätte sein können.

Lollo

LOLLO SCHÄMT SICH. Nicht weil sie hierhergekommen ist, oder weil sie vor den Augen ganzer Horden von Gymnasiasten erniedrigt wurde. Sondern weil sie nun endlich begreift.

Manchmal ist man einfach viel zu sehr mit sich selber beschäftigt. Man tut sich selbst so entsetzlich leid, weil man sich in die falsche Person verguckt hat. Der Druck von außen ist riesig groß, weil alle von einem erwarten, dass man sich in einen Jungen aus «nettem Elternhaus» verliebt, womit in Wahrheit gemeint ist, «sein Vater sollte schon wenigstens eine eigene Rennbahn besitzen». Und dann steht man dort und will eigentlich nur Rhabarber pflücken, aber vor lauter Gefühlschaos verkrampft sich einem bloß der Magen, und schon hält man sich für unheimlich bemitleidenswert.

Es muss furchtbar gewesen sein für Anna, als sie extra zu ihr hergekommen war und so wieder weggeschickt wurde. Fast noch schlimmer als für Lollo jetzt. Anna hat wenigstens «Hey» gesagt.

Jetzt versteht sie, wie Anna sich gefühlt haben muss.

Die Herfahrt hatte fast eine Stunde gedauert, sie musste zwei verschiedene U-Bahnen nehmen und noch in den Bus umsteigen. Im Minutentakt war ihr ein kalter Schauer über den Rücken gelaufen, angesichts dessen, was sie da im Begriff war zu tun. Anna treffen. Sie endlich wiedersehen. Und sie vielleicht sogar küssen, einfach so in aller Öffentlichkeit, aber wohl eher abwarten, bis sie später miteinander alleine wären. Es war eine Fahrt voller Vorfreude gewesen, auf der die Zeit viel zu langsam verstrich, während sich ihre Gedanken fast überschlugen.

Die Heimfahrt wird wesentlich schlimmer werden.

Auf der Bank an der Bushaltestelle liegt ein Eispapier, und zwei Tauben picken an den Resten der Waffel. Lollo richtet den Blick starr auf die beiden Vögel, damit sie sich nicht umzudrehen braucht, sie blickt auf die Füße der Umstehenden, die Reklame im Wartehäuschen, an die Decke. Die Leuchttafel zeigt noch zwei Minuten an, so lange wird sie hier noch stehen müssen, während Anna weiterhin in Sichtweite ist. Vor Schmerz schießen ihr die Tränen in die Augen. Doch sie ist trotz allem froh, es wenigstens versucht zu haben.

Zum allerersten Mal in ihrem Leben hat sie etwas Mutiges getan.

Sie kann die Windschutzscheibe des Busses bereits erkennen, als das Grollen einsetzt. Es dröhnt vom Boden zu ihr herauf, und sie denkt sofort, jemand ziehe einen Rollkoffer hinter sich her. Dann geht alles blitzschnell. Jemand fasst sie von hinten an der Schulter, ihr bleibt nicht einmal die Zeit, einen Schreck zu bekommen, und Anna wirbelt sie zu sich herum. Der Bus schwenkt in die Haltebucht.

Anna hebt ihr Longboard hoch. Ihr Gesicht trägt fast denselben konzentrierten und leicht angespannten Ausdruck wie an jenem Abend, als sie zusammen das Netz auslegen waren. Das kleine Kinn, und die an Streusel erinnernden Sommersprossen. Sie blickt Lollo an.

«Fährst du?»

Lollo schüttelt den Kopf. Der Bus bleibt noch ein paar Sekunden mit geöffneten Türen stehen, bevor er sich mit einem Fauchen wieder in Bewegung setzt.

Anna steht schweigend vor ihr. Hält ihr Longboard mit der einen Hand und streckt die andere unbeholfen nach Lollos Jacke aus.

«Ist das da Dachs?»

Der Scherz lässt die Anspannung von ihr abfallen. Sie kann sich ein Kichern nicht verkneifen.

«Nein, und auch kein Seehund.»

«Dann eben Sturmmöwe, vielleicht.»

Lollo nickt und versucht, ein Kichern zu unterdrücken.

«Sturmmöwe ist zurzeit total angesagt. Gerade sind alle ganz wild auf Sturmmöwenjacken.»

Dann herrscht wieder Schweigen zwischen ihnen. Die Bushaltestelle füllt sich erneut mit Gymnasiasten, die nach Hause wollen. Lollo sollte irgendwas zu Anna sagen, etwas, das dem Ganzen eine neue Wendung verleiht, ihr etwas an die Hand gibt.

«Ich schwänze heute», sagt sie deshalb.

«Böses Mädchen.»

Lollo lacht auf.

«Ja, für meine Verhältnisse schon. Aber ich musste dich unbedingt sehen! Ich wollte dich ... Also, wenn du magst, stell ich dich meiner Mutter vor.»

Anna sieht sie prüfend an.

«Und was willst du dann zu ihr sagen?»

Ja, was?

«Ich werde sagen ... Das hier ist Anna.»

Anna sieht sie weiter unverwandt an. Lächelt sie? Oder wartet sie ab?

«Sie ist unsere Nachbarin auf Sländö», fährt Lollo fort. «Und sie ist der wundervollste Mensch, der mir jemals begegnet ist.»

Das stimmt, und endlich spricht sie es laut aus. Annas Züge entspannen sich, was vielleicht niemand sehen kann außer ihr.

«Du bist auch wundervoll.»

Ein weiterer Bus kommt in der Haltebucht zum Stehen. Lässt ein paar Leute aussteigen, saugt andere ein. Anna setzt sich auf die Bank und lehnt das Brett gegen ihre Knie. Lollo setzt sich neben sie.

«Hast du WhatsApp?»

«Nein.»

«Snapchat?»

«Auch nicht.»

«Was hast du dann?»

Anna zögert.

«Eine Telefonnummer», sagt sie und zieht ihr Handy aus der Tasche.

Es ist ein uraltes Nokia. Lollo fällt sofort ihr altes iPhone ein, das könnte Anna doch bekommen, es ließe sich ganz leicht reparieren. Aber das ist jetzt wohl kaum der richtige Zeitpunkt. Sie tippt ihre Nummer in Annas Tastentelefon und lässt sie speichern. Als sie ihr eigenes Handy herausholt, hat sie vierzehn ungelesene Mitteilungen. Sie drückt sie weg.

«Mein Vater schwärmt ständig von der Zeit, als er noch so eines hatte», sagt sie. «Die Dinger kann man wenigstens getrost fallen lassen, ohne dass etwas passiert.»

Anna nickt.

«Das sagt mein Vater auch immer. Solche werden gar nicht mehr hergestellt.»

Während die beiden Tauben die letzten Krümel der Eiswaffel aufpicken, denkt Lollo darüber nach, wie das ist. Wenn man kein Geld für ein Smartphone hat, kaputte Sneakers trägt und zum Einkaufen jedes Mal mit einem kleinen Kunststoffboot lostuckert. Ihre Eltern haben erzählt, das Haus in den Schären habe vierzehn Millionen Kronen gekostet.

«Wann habt ihr euer Sommerhaus gekauft?»

«Das war schon mein Opa. Irgendwann in den Siebzigern.»

«Das heißt, dein Vater hat es geerbt?»

«Mhm, aber jetzt gehört es mir.»

«Wie dir?»

«Er hat es mir geschenkt.»

Lollo prustet los vor Lachen.

«Meine Eltern würden mir nie im Leben unser Sommerhaus schenken. Aber jetzt mal im Ernst, es gehört echt komplett dir?»

Anna nickt.

«Aber ich muss es erst wieder herrichten.»

Lollo ist trotz allem beeindruckt. Mit fünfzehn sein eigenes Sommerhaus zu besitzen. Fische fangen zu können, überhaupt zu wissen, wie man überlebt. Sie schaut verstohlen in Annas Gesicht, das von alledem nicht das Geringste preisgibt. Sie ist wunderschön.

In ihrer Tasche ertönt ein Brummen, das ist nun bereits das fünfzehnte Mal heute. *WIR RUFEN JETZT DIE POLIZEI.* Ihre Mutter habe mit Mimmi und mit Douglas gesprochen, und keiner wisse, wo sie steckt. Lollo schickt ihr rasch eine Antwort: *Ich lebe noch.*

«Sie denken, ich wurde gekidnappt», sagt sie zu Anna.

KOMM NACH HAUSE!, schreibt ihre Mutter zurück. Ein dritter Bus nähert sich der Haltestelle.

«Ich muss los.»

«Okay.»

«Okay.»

Sie legt ihre Hand auf die von Anna. Sie fühlt sich warm an, wie die Hand ihrer Freundin. Meiner Freundin, denkt sie, spricht die Worte jedoch nicht laut aus. Beim Aufstehen lässt sie Annas Hand nicht los. Der Bus schwenkt in die Haltebucht, und zehn Gymnasiasten drängeln sich vor der Tür. Als sie die Arme um Anna legt und die Hände in die Gesäßtaschen ihrer Skater-Jeans schiebt, können alle im Bus sie sehen.

«Tschüss.»

Der Kuss ist weich, aber kurz, denn gleich fährt der Bus. Sie hätte nicht gedacht, dass Anna sie küssen würde, nicht hier. Ihre Lippen sind wie ein ganzer Sommer.

«Tschüss.»

Anna

DIE WELT IST wunderwunderschön. Zwei satte Tauben humpeln durch die Bushaltestelle, und Müll wirbelt in einem langsamen Tanz über den Boden. Mekonnen und Wilma lassen ihre Bretter vor ihr ausrollen, und ab mit ihr ins Kreuzverhör. Und die Welt ist wunderschön.

«Was zum Teufel war denn das, Anna? Jetzt sag schon!»

Was soll man groß sagen, wenn der Himmel strahlt, als wäre er selbst eine Sonne?

«Jetzt fragt schon.»

«War das deine Freundin?»

«Vielleicht.»

«Meine Herren!»

«Du hattest ja noch nicht mal erzählt, dass du auf Mädels stehst!»

«Ihr habt mich ja auch nicht danach gefragt.»

«Krass, sie sah aus wie ... Los, wo wohnt sie?»

«Jedenfalls nicht in Rågsved.»

«Und auf welche Schule geht sie?»

«Östra Real.»

«Hast du sie dort auch kennengelernt?»

«An der Östra Real? Spinnst du?»

«Wo denn dann? Auf match.com?»

Mekonnen muss über seinen Einfall selber lachen.

«In den Ferien.»

«Wow ... Und ihr seid jetzt echt zusammen?»

«Weiß ich nicht, sag ich doch.»

«Nein, du hast ‹vielleicht› gesagt. Nehmt ihr auch den Bus?»

«Und was sagt ihr Vater dazu?»

«Wozu? Ja, ich fahr heim.»

«Dass seine Tochter jetzt eine ... Skater-Beziehung führt! Noch dazu mit einem Mädchen! Mit der hässlichsten Mütze weit und breit!»

Anna knufft die beiden mit einem Lachen in die Seite, zuerst Wilma und anschließend Mekonnen. Der Bus kommt, und sie steigen ein. Er ist so voll, dass zwei von ihnen stehen müssen.

«Ich hab im Sommer auch ein Mädel kennengelernt», sagt Mekonnen.

«Du meinst wohl eher, in einer Zeitschrift gesehen?»

«Genau.»

Als Anna nach Hause kommt, schlägt ihr durch den Briefschlitz der Duft von Rührei entgegen. Ihr Vater hört Kiss, und bereits im Flur kann sie seinen im Takt zur Musik wippenden Kopf vor sich sehen.

«Hallo!»

«Was ein Glück, dass du kommst! Ich hab was für dich mitgekocht.»

Man könnte es auch als Glück betrachten, dass er überhaupt für sie mitgekocht hat. Nun besteht das Glück eben darin, dass sie zufällig gerade nach Hause kommt. Sie wirft einen flüchtigen Blick ins Wohnzimmer, ob Besuch da ist, doch abgesehen von Paul Stanleys Stimme, die aus zwei altersschwachen Lautsprechern schreit, der Himmel brennt, ist es still und leer. Anna dreht die Musik leiser, möchte ihrem Vater von allem erzählen. Er deckt Teller und Gabeln auf.

«Bleibst du heute Abend daheim?»

«Weiß noch nicht.»

Sie lässt sich auf ihren Stuhl sinken, einen alten Sprossenstuhl, den sie schon seit immer besitzen und der sich heute ganz besonders uneben anfühlt. Was vermutlich am Polster liegt, es müsste eigentlich erneuert werden. Ihr Vater öffnet sich ein Bier und schenkt Anna Cola ein. Dann verteilt er das Rührei auf beide Teller und garniert es mit ein paar Scheiben Schinken.

«Edel», kommentiert er seine eigene Kreation.

«Mhm.»

Sie essen schweigend. Wo fängt man am besten an, wenn man jemanden kennengelernt hat? Braucht er das überhaupt zu wissen?

«Wir bekommen eine neue Brause», bricht ihr Vater das Schweigen. «Für die Dusche. Sie tauschen endlich alles aus.»

Und ich hab eine Freundin. Das taugt wohl eher nicht als Antwort auf seine Berichterstattung zum Duschzubehör. Aber wenn es doch vielleicht stimmt, die Worte liegen ihr schon auf der Zunge und drängen hinaus.

«Dann wollen wir mal sehen, ob sie wegen der Spülmaschine auch endlich den Arsch hochkriegen», fährt ihr Vater fort.

Anna nickt kauend. *Ich hab eine Freundin, ich hab Louise!*

«Aber dann erhöhen sie bestimmt gleich wieder die Miete», schimpft er weiter. «Nennen das Renovierung. Die wissen, wie man einem nackten Mann das Geld aus der Tasche zieht.»

«Ich hab eine Freundin», sagt Anna.

«Aha», erwidert ihr Vater. «Was?»

«Ich bin mit einem Mädchen zusammen.»

Sie beide sprechen nie über Gefühle, und jetzt weiß Anna auch, warum. Wortlos schaufelt ihr Vater sein Rührei in sich hinein und starrt dabei unverwandt auf den Schinken. Er wird doch jetzt nicht wütend sein?

«Tja, na ja ...», fährt sie nach einer Weile fort. «So ist das also.»

«Da sieht man mal», sagt ihr Vater. «Mit einem Mädchen, sagst du?»

«Mhm.»

Sie essen eine Weile schweigend weiter. Anna war nicht einmal auf den Gedanken gekommen, sie müsste nervös sein. Aber kein Wunder. Manche werden für so was verprügelt. In manchen Ländern wird einem dafür sogar der Kopf abgehackt, das hatte sie einfach nicht bedacht. Ihr Vater scheint allerdings nicht erbost zu sein, er spült sein Rührei mit Bier hinunter und verzieht den Mund zu einem breiten Grinsen.

«Da brauch ich mir wenigstens keine Sorgen zu machen, dass du mir mit einem Kind nach Hause kommst.»

Am Stuhl liegt es nicht, stellt Anna fest, während ihr Vater den Tisch abräumt und sie noch auf ihrem Platz sitzen bleibt und auf der Unebenheit herumrutscht. Da steckt etwas in ihrer Tasche.

Auf ihrem Zimmer zieht sie es heraus. Einen zusammengefalteten Zettel, ungeschickt mit Klebeband verklebt, und mit ihrem Namen auf der Vorderseite: ANNA. Sie kichert laut los. Louise muss ihn ihr bei ihrer Umarmung in die Tasche gesteckt haben. Sie muss das Tape eigens für diese Aktion besorgt haben. Vorsichtig löst sie das Klebeband von den Kanten her ab, legt sich auf ihr Bett und entfaltet den Zettel.

Ich habe da über etwas nachgedacht. Wenn die Welt tatsächlich untergehen würde, und wir müssten uns allein von Fisch ernähren, dann hätten wir ja auch weder Google noch Instagram, geschweige denn überhaupt Internet. Dann könnten wir niemanden mehr über Facebook ausfindig machen, und wenn wir mit jemandem verabredet wären, könnten wir nicht mal eben Bescheid geben, wenn wir es nicht rechtzeitig schaffen oder vielleicht sogar überhaupt nicht kommen können. Wir könnten uns nicht länger mit irgendwelchen Dingen aufhalten, weil es die nämlich überhaupt nicht mehr gäbe. Wenn also sämtliche Gegenstände verschwunden wären und es nur noch Bäume und dergleichen gäbe, dann blieben uns nur noch unsere eigenen Gefühle (wir beide hätten natürlich auch noch den Fisch und die Dachsklamotten). Und wenn man die Augen schließt, dann ist es eigentlich ganz genauso. Also nicht das mit den Dachsklamotten, sondern dass man nur noch auf sich und seine eigenen Gefühle gestellt ist. Verstehst du, was ich meine? Und wenn ich die Augen schließe, spüre ich, wie sehr ich dich vermisse. Und sonst nichts.
Wie auch immer. Ich habe meiner Mutter gesagt, dass am Samstag jemand zum Kaffeetrinken bei uns vorbeikommt. Während ich diese Zeilen schreibe, weiß ich natürlich noch gar nicht, ob ich dich am Huddinge-

Gymnasium überhaupt finden werde, aber wenn du das hier liest, ist es mir also gelungen. Und in dem Fall darfst du dich hiermit eingeladen fühlen. Wenn du magst, treffen wir uns um zwei an der Station Karlaplan. Meine Güte, was ein Gefasel. Bei dir hätte einfach gestanden: «Treffen uns um 2 am Karlaplan», stimmt's? (Bitte nicht antworten, das ist Papier und verfügt über keine Kommentarfunktion.) Jedenfalls hoffe ich sehr, dass du kommst. Das hoffe ich wirklich! Kuss,
Deine Lollo

Das für dieses Buch verwendete Papier ist FSC®-zertifiziert.